아름다웠던 사람의 이름은 혼자
이현호 시집

문학동네시인선 111 이현호

아름다웠던 사람의 이름은 혼자

시인의 말

하나의 가슴에 둘의 심장이 뛴다
그다음은 세계

그 하나 둘 세계를
네게

2018년 어느 날
이현호

차례

Side A

Side A

양들의 침묵

그대가 풀어놓은 양들이 나의 여름 속에서 풀을 뜯는 동
안은
삶을 잠시 용서할 수 있어 좋았다

기대어 앉은 눈빛이 지평선 끝까지 말을 달리고
그 눈길을 거슬러오는 오렌지빛으로 물들던 자리에서는

잠시 인생을 아껴도 괜찮았다 그대랑 있으면

그러나 지금은 올 것이 온 시간
꼬리가 긴 휘파람만을 방목해야 하는 계절

주인 잃은 고백들을 들개처럼 뒤로하고
다시 푸르고 억센 풀을 어떻게 마음밭에 길러야 한다

우리는 벌써 몇 번의 여름과 겨울을 지나며

두 발로 닿을 수 있는 가장 멀리까지
네 발 달린 마음으로 갔었지

살기 위해 낯선 곳으로
양들이 풀을 다 뜯으면 유목민은 새로운 목초지를 찾는다

지금은 올 것이 오는 시간
양의 털이 자라고 뿔이 단단해지는 계절

배교

혼자 있는 집을, 왜 나는 빈집이라고 부릅니까

흰 접시의 외식(外食)도 흠집 난 소반 위의 컵라면도 뱃속
에 들어서는 같은 눈빛입니다

"죽기 살기로 살았더니 이만큼 살게 됐어요." 혼자 있을
때 켜는 텔레비전은 무엇을 위로합니까
이만큼 살아서 죽어버린 것들은

변기 안쪽이 붉게 물듭니다, 뜨겁던 컵라면의 속내도 벌
겋게 젖었습니다

겨울은 겨울로 살기 위해 빈집으로 온기를 피해 왔지만,
커튼을 젖히자 날벌레같이 달려드는 햇빛들

사랑을 믿기 때문에 사랑했을까, 삶을 사랑해서 살아가
고 있을까

밥을 안치려고
손등은 쌀뜨물 안에서 뿌옇게 흐려진다

네가 없는 집을, 나는 왜 빈집이라고 불렀을까

말은 말에게 가려고

오늘은 슬픔과 놀아주어야겠다. 가끔 등을 밀어주어야 하는, 그네를 타는 슬픔이 내게도 있다. 한 숟갈 추억을 떠먹은 일로 몇 달쯤 슬픔을 곯지 않게 하는 사람이 있다. "나는 너를 좋아진다." 같은 흰소리를 들어주던 귀의 표정을 생각하는 오늘밤은, 아직 없는 나의 아이나 그 아이의 아이의 눈동자 속으로 걸어오고 있는 별똥도 서넛쯤 있을 것이다.

마음을 놀이터 삼아 혼자서 놀던 대견한 슬픔과 놀아야겠다. 떠올릴 적마다 조금씩 투명해지는 얼굴이 있고, 시간같이 익숙해지는 것이 있다. 말은 말에게 닿으려고 말하는데. 빈집 우편함에 쌓이는 편지봉투처럼 누구도 뜯지 않는 말로 시를 적는 건 이상한 일이다. 지상과 수평을 이루는 높이까지 발을 차올렸던 슬픔이 되돌아오고 있다.

"나도 사랑해."라는 말을 듣고 싶어서 "사랑해."라는 말을 수박씨처럼 툭툭 뱉어보는 오늘밤도, 유성우에 빌었던 소원은 도착하지 않는다. 집 앞에 쓰러져 있던 절름발이 바람을 방금 전 나는 그냥 지나친 듯도 하다. 씨앗 하나를 안으려고 지구는 중력을 놓지 않는다, 라는 말을 곱씹고 있었다. 뒤돌아보는 슬픔의 얼굴이 나를 좋아진다. 저 가벼운

등을 밀어주어야지. 채찍질로 떠나보낸 말들이 기특하게도 다시 돌아오는 오늘밤은

음악은 당신을 듣다가 우는 일이 잦았다

창밖을 나서지 못하는 음악과 동거하다 보면 문득
당신이 입술에 와 앉는다

몸속을 휘젓고 떠나간 음(音)과 귓속을 맴도는 음 사이
고산병을 앓는 밤

음악은 당신을 발명한다
어느 교인(敎人)들이 불태운 관(棺)을 강물에 띄워 보내
는 장례를 치르듯 어떤 심장박동을 빌리지 않고는 날려 보
내지 못할 말이 있다

이루어진 소원은 더는 소원이 아닌 것처럼
곁에 없는 사람만을 우리는 영원히 사랑할 수 있듯이

한 이름을 흥얼거리다 보면 다 지나가는 이 새벽
당신의 이름을 길게 발음하면 세상의 모든 음악이 된다

기도를 사랑하는 사람은 기도가 닿지 않기를 바라고
우리는 음악을 울린다

너는 나의 나라
―운주저수지

세상에 없는 나라를 상상하면 조금은 살 만해서 좋았다
가본 적 없는
본 적 없는
적 없는
없는
운주저수지에 밤마다 다녀가는 눈동자를 떠올리면
다음 생에 만나요, 라는 말을 이해하기 좋았다
늘 구름이 끼어 있어서 운주(雲柱)라고 불린 이름과
운주, 하고 발음하면 새어나가는 입바람 사이
없는 애인이 살고 있다고 생각하면 살 것 같아 좋았다
바람에 온몸 흔들리면서도 떠내려가지 않는 구름들
비 쏟으며 작아지다 끝내 텅 빈 속을 드러내고
저수지의 일원이 되는, 그 속울음이 좋았다
가본 적 없는 운주리는 가보지 않아서 아름답고
본 적 없는 저수지는 보지 않아서 물이 맑고
사랑도 적(敵)도 없어서 머무를 적(籍)도 없는 그 나라는
꿈에도 만날 일이 없어서 좋았다
약속에 늦은 사람처럼 서둘러 멀어지는 발소리가
밤새 귓속에 차오르는, 젖은 넋들의 나라에는
네가 없는 것이 참 좋았다

나라는 시간

누군가 내 심장을 한입 베어 먹었을 때
한입만큼 비어버린 심장을 버렸을 때
산다는 것이 죽음을 참는 일일 때
지구가 외계인의 성경 속 지옥이 아니라는 것을 어떻게 알
수 있을까요? 악마들의 천국이 여기가 아니라고
이상한 질문이 하나도 이상하지 않을 때
영혼은 영혼, 천사는 천사, 당신은 당신
인제 세상에는 아무런 비유도 필요가 없을 때
오늘의 내가 어제의 나에게 아무것도 배운 것이 없을 때
오늘의 내가 내일의 나에게 새로 가르쳐줄 것이 없을 때
어제부터 너를 사랑하겠어 내일은 너를 사랑했어 지금 너
를 사랑했었어 그 사랑을 사람했어
오래 들여다보아도 손댈 수 없는 비문만이 남을 때
쓰는 사람도 읽는 사람도 우리는 서로 병이 깊다고만 생
각될 때
기도를 그치는 영혼을 꿈꿀 때
영혼을 그치는 기도를 올릴 때
거울에 비친 눈동자 한쪽에는 죽은 신이 다른 한쪽에는 당
신의 뒷모습이 앉아 있을 때
내가 신을 닮아갈 때 점점 세상에서 달아날 때
밤하늘에 백반증 같은 눈이 내릴 때
별은 밤의 사리(舍利) 같을 때
가벼워진 심장으로 소복이 눈이 쌓일 때

나도 한 마음의 인간일 때 ─

가정교육

빈집에 앉아 있다, 여기를 우리집이라고 불렀던 사람이
있다
내가 가져본 적 없는 우리집에서 그 사람과 나는
가질 수 없었던 추억을 미래로 던지며 없는 개를 길렀다
지붕 아래 숱한 약속을 속눈썹처럼 떨어뜨렸다
그 사람이 흘리고 간 속눈썹 하나쯤은 정말 머물러 있을
것이어서
나는 없었던 개를 나지막이 불러보며, 신전처럼 고요히
앉아 있다
유일한 내 것을 지키는 중이다
혹시나 미래가 유실했을지 모를 내방(來訪)을 기다리고
있다
하나쯤은 떨어져 있어야 할 속눈썹이 놀라 달아나지 않
도록
가져본 적 없는 우리집을 나는 과묵한 개처럼 지킨다
마음의 내방(內方)에 누구도 들인 적 없는 이에게는
추억이 없다, 마음놓고 아플 수조차 없다는 거
그게 가장 따뜻한 추억이다 추악했음마저 그리운 그때
무풍지대로 흔들리며 잠자는 빈집에서
가진 적 없는 것을 잃어버릴 수도 있다는 것을 배우며
폐허의 신전으로 나는 앉아 있다

분명

식탁 위에 올려놓았던 귤이 사라졌기에
나는 그를 찾았다

얼마 세간이 없고
유채색을 들이지 않은
독거의 집안

전등알같이 환한 구(球)는 어디로 갔을까
모든 것이 그대로인데
그를 떠올리면 침샘이 돌고
아직 나는 기억하고 있는데

그를 가진 적 없거나
방 한구석에 썩어가거나
분명했던, 그가 증발하기도 한다면

한 그루 귤나무도 자랄 것 같다
싱그러운 귤 한 마리
떼굴떼굴 굴러다닐 듯하다
나도 떠난 빈집엔

진동하는 귤 향기
빈자리가 가장 짙다

ㅁㅇ

새벽에 ㅁㅇ이라는 문자를 받았다
누가 언제 어디서 무엇을 왜 어떻게
그런 것보다는
자음(子音)만을 떠나보냈을 모음(母音)의 안부가
어쩐지 궁금했다

그게 마음이었다면
ㅁㅇ이 떠나가며 버린 자리엔 ㅏㅡ만 남아서
아으: [감탄사] 정신적으로나 육체적으로 심하게 아플 때 나오는
소리.
명치끝에 엉킨 녹을 닦으며 쭈그려
앉아 있지는 않을까

마음의 미안으로
미안의 마음으로

한 얼굴을 오래 들여다보고 있으면, 사랑일까 사랑이 일까
ㅁㅇ은 네모지고 둥그런 얼굴의 윤곽 같기도 하고
안경이거나 눈동자 같기도 해서
문영 미애 미옥 미연 민우 ……
누군가 내 명치에 집을 짓고 살았었던 것만 같은데

ㅁ과 ㅇ의 뚫린 입을 텅 빈 중심을 허방을 실족을 부재를

022

낯설어하는 내가 낯설기만 한 나는 누구일까
ㅁ과 ㅇ의 사방 벽을 울타리를 우물을 가시면류관을
어떻게 왜 무엇을 어디서 언제 누가
거꾸로 돌려봐도 무엇 하나 설명 못하는 막연은

그런 것보다는
살기 위해 한 숟갈 미음을 억지로 삼키는 것처럼
한 마음을 입가로 흘리며 떠먹은 적 있었던가

새벽에 ㅁㅇ이라는 말을 보냈는데
ㅇㅇ이라는 답장이 돌아온다
아으, 라는 말을 발음하려거든
입을 다물 수가 없었다

응응, 나도 잘 지내

폐문

—

내복을 입고 외투의 단추를 여미며 나는 나를 생활했다
떨켜라는 말을 모르고도 떨어질 때를 알고 있었던 지난
계절
그 낙엽의 거리를 다시 거닐며 나는 나를 생활했다
어묵 국물을 두 손에 꼭 쥐고 먹먹한 하늘의 강설을 점치
다가
옥상에 널어둔 빨래의 안부를 걱정하며 나는 나를 생활
했다
지구와 태양이 가까워지면 겨울이 오는 북반구의 나라에서
자전축처럼 비스듬히 기울어 있던 등을 잠시 떠올리며
멀리까지 뻗어나가는 겨울 햇빛을 맞고 있는 나를
나는 생활했다, 나는 나를 생활했으므로

"나를 떠날 수 없었다, 나는 너를 생각하던 나를 떠난 것
이다."
날 위한 한 줄 문장을 끄적이고
술잔 속에서 흔들리는 눈빛을 마시며 나는 나를 생활했다
통증은 잊지 말라는 신호라며
아프지 않았다면 나는 나를 잊었을 거라고 다독이는
나를 나는 생활했다, 출렁이는 눈으로 문장을 고쳐 쓰는;
"나는 너를 떠나지 않았다, 나는 너를 떠나지 않으려는 나
를 떠났다."
퇴고할 수 없는 이야기를 몇 번이고 다시 읽는;

—

"당신은 나를 떠나지 않았다, 당신은 나를 생각하던 당신 一
을 떠난 것이다."

　나를 나는 생활했다, 닫힌 문 앞을 되돌아
　가로등 불빛들을 장마의 징검다리같이 건너는,
　철학의 대가들이 삶의 전문가는 아니라고
　나에 대한 생각을 멈추고 나를 향한 삶 속으로 걸어들어
가는,
　사랑스런 영혼에게 이 폐문(廢文)을 덮어주며
　나는 나만을 생활했다, 다른 누구를 생활하지 않아도 될
만큼
　잠시도 당신 집 앞을 서성이지 않는다

수란

휘휘 저은 뚝배기 안을 뱅글뱅글 돌며 익어가는 수란
그때

잘 안다고 믿었던 네가 "그만……"을 말했을 때 등허리
어디쯤 새까만 점들이 몇몇 모여 사는지 다 알면서도 꼭 처
음 본 사이처럼 너를 새로 알아야 했을 때 먼 데 눈동자를
붙박은 네게서 살결을 부비지 않고도 가장 은밀한 마음결
을 느꼈을 때

괜히

가자 하고 미루기만 했던 놀이동산이 떠오르고 겨드랑이
밑에 사는 여릿한 점의 안색도 돌보고 싶고 별이 쏟아지는
밤하늘 아래서 하룻밤쯤 보냈어야 했는데 생각하다가 생각
을 생각하다가 너는 차마 나를 버리고 나는 감히 너를 버릴
수 없는 일이었을 때

정말 만났을까, 우리는
만나기는 한 걸까

그때 마주보는 마음만을 사랑이라 믿다가 뒷모습에서 진
짜 너를 만났을 때 후후 불어 식힌 수란을 서로의 밥그릇에
덜어주던 그 집을 다시 혼자 찾았네 숟가락으로 겨우 건질

수 있을 정도로만 겉이 익은, 까딱 터져버리는, 끈적하고 샛
노란 그 육질을

끝내 터뜨리지 못할 때

가

"집에 오지 말고 집에 가."

집과 집 사이에서 나는 집을 잃었다

사람들은 여전히 집집마다에서
태어나서 먹고 자고 사랑을 하고 비밀을 만들고 병을 앓
고 죽어가는데

맨몸으로
서로의 목덜미에 묻은 달빛을 밤내 핥아주기도 했던

가난한 유일신을 위해 기도하던 봉쇄수도원을
잊어야 한다, 집과 집 사이에서

"집에 오지 말고 집으로 가."

닫힌 문에 머리를 들부딪는 달빛을 혼자 남겨둔 채

순례자가 단단해진 마음을 안고, 오래 불 꺼둔 집으로 돌
아오듯이

우리가 아닌 나의 집으로
나의 우리집으로

만들지 못한 비밀과 앓지 못한 병과 죽지 않는 밤이
위대한 왕처럼 잠들어 있는

그래, 희망 없는 사원으로

직유법

당신이 이쪽으로 걸어오자
저편 세상이
그림자처럼 어두워졌다

당신이 여기 있어
텅 비어버린 세계에 대해

비 맞는 벤치같이 나는 하릴없어서

늘 한 사람이 모자라는 세계 속으로
떠나보내주었다
멀리 당신을 등대처럼 놓아주었다

아주 잊지는 않은 기분으로

내가 아니고서는 이해할 수 없는 마음이
물수제비같이 떠가는 것을 보며

저기 당신이 있어
이편 세상의 어둠 속에 파이는
등댓불의 환한 괄호마다

미아처럼 나는 하릴없이

직유를 던지며 놀았다

당신같이 당신처럼 당신인 듯이

아무도 아무도를 부르지 않았다

"세상에는 사람 수만큼의 지옥이 있어."
귀밑머리를 쓸어올리듯이 네가 말했을 때
아름다운 네 앞에 서면 늘 지옥을 걷는 기분이니까
그 어둠 속에서 백기같이 흔들리며 나는 이미
어디론가 투항하고 있었다

네 손금 위에 아무것도 놓아줄 게 없어서
손을 꼭 쥐는 법밖에는 몰랐지만
신이 갖고 놀다 버린 고장난 장난감 같은 세상에서
퍼즐처럼 우리는 몸이 맞는다고 믿었었고
언제까지나

우리는 서로에게 불시착하기로 새끼손가락을 걸었다

우리가 비는 것은 우리에게 비어 있는 것뿐이었다
삶은 무엇으로 만들어지나? 습관
우리는 살아 있다는 습관
살아 있어서 계속 덧나는 것들 앞에서
삶은 무엇으로 만들어지나? 불행
그것마저 행복에 대한 가난이었다

통곡하던 사람이 잠시 울음을 멈추고 숨을 고를 때
그는 우는 것일까 살려는 것일까

울음은 울음답고 사랑은 사랑답고 싶었는데   —
삶은 어느 날에도 삶적이었을 뿐

너무 미안해서 아무 말 않고 떠났으면서
너무 미안하다 말하려 너를 서성이는 오늘 같은 지난날
아름다운 너를 돌아서면 언제까지나 지옥을 걷는 기분이
니까
조난자가 옷가지를 찢어 만든 깃발처럼 그 어두움 속에서
펄럭거리며 나는 벌써
무조건항복 하고 있다, 추억을 멈추고 잠시 삶을 고른다

아무도 아무도를 부르지 않아서
아무 일도 없었다, 지옥과 지옥은

과일과

꿈에 과일을 먹었는데

식탁 위에 누군가 과일을 놓고 갔다
놓고 갔으니까
과일은 놓아져 있었다

놓인 계절의 빛에 익어가며 과일은
누군가 놓고 간 과일의 색으로 물들었다

한밤중 잠을 깬 뒤의 적막에 있다 보면 누가
과일을 울리고 간 듯

과일은 무르익어가는데
누군가 찾으러 오지 않고
찾지 않으니까
놓아진 과일의 낯빛으로 흐무러지는

과일과

동거하는 사람에게선 과일 향이 났다
밤마다 과일나무가 꿈을 뚫고 자랐다

밤은 거짓말처럼 조용하고

밤은 거짓말처럼 조용한데 숨소리도 들리지 않는다 이런 밤에는 어떤 소리도 피어날 수 있다 가만히 귀를 열면 전구 빛이 당신 눈썹에 내려앉는 소리도 들린다 흉이 있는 손목 위로 두근거리는 맥박 소리도 보인다 거짓말처럼 밤은 조용해서 입술을 지그시 깨물면 낙엽 부서지는 소리도 난다 거짓말 같은 밤이라서 우리는 들켜버리면 안 되는 것이 있는 사람처럼 눈빛을 떨군다 포개어 있던 손을 자신에게로 끌어당긴다 거짓말처럼 조용히 벌어진 일이다 무슨 소리라도 태어날 수 있는 이 밤에 감았던 눈을 조용히 뜨면 거짓말같이 빈 의자가 있고 죽은 사람처럼 다시는 당신을 만날 수 없다고 해도 밤은 조용하다 숨소리조차 영영 들리지 않는다

나무그림자점

이제는 혼이 된 사람들에게는
대보름달이 하늘 가운데 걸리면 뜰에 나무를 세워놓고
그 그림자의 길이로 한 해의 풍흉을 점치던 풍습이 있었다

내게도 한 창문 아래 나를 허수아비같이 묶어두고 마음의
작황을 가늠했던 이른 추수기가 있었던 것이어서

그런 밤 창문을 어른대는 그림자는 독실한 미신이었다

'보름달처럼 환한 방에 당신은 살고' 따위의, 순박한 비유
를 떠올릴 때마다 한 뼘씩 마음이 줄어들었던
나는 흉년인가 보다, 상상만으로 죄를 탈곡하는 것 같던
때가 참말 있었던 것이어서

턱이 낮아진 마음밭엔 수재(水災)가 들고 병충해가 들끓
은 쭉정이 마음만 한줌이었다

길바닥에 내린 어둠에 섞여 든 그림자만 대풍(大豊)이고,
내일은 오지 마
혼이 나갔다는 옛사람의 말을 인제는 이해할 수 있는

멀리 골목 끝까지 뻗은 어둠의 길이를 눈짐작해보는 늦
겨울

미신(迷信)은 미신(美信)이었다

보통의 표정

보통의 표정을 지킨다, 온몸을 떨며
오늘 우리는 힘껏 아름다운 모습으로 만났다
우리의 만남에 무슨 자랑이 있었을까
나는 나를 뉘우치지 않기로 하고
나의 체온을 앓지 않으려 너를 본다
울고 있는 널 보지만 않으면
여전히 사랑할 것 같은데
속내에 혼자 남는 울음이 없도록 힘써 울며
남김없이 너는 젖는다
침묵하는 빈손에 그 소리를 받으면서
감정을 표백하고 마지막 말을 헹구면서
흘긴, 창밖을 내다보는 너는
누군가 누군가를 지키던 얼굴이다
사랑은 서로의 마음속에 짐승을 기르는 일이었다고
나는 여태 마르지 않은 말을 입술 위에 얹고
서툴게 식식거리는 네 숨결 사이에는
다시는 만질 수 없는 온도가 남는다
눈썹과 손끝과 무릎도
무거워지는 저녁을 따라 내리깔리고
기다림을 기다린다 우리는
속삭일 수 없는 표정들이 떠 있는 유리창
밤을 부르러 가는 저녁의 뒷모습은
상처받은 데도 없이 다리를 절었다

우리의 체온에 실망하지 않으려고 짐승은
보통의 표정을 지킨다

만하(晩夏)

　동이 트자 술집 주인은 가게를 정리하기 시작했다. 그건 인제 고만 나가 달라는 완곡한 몸짓이었다. 몇 번을 울다가 내 무릎을 베고 누운 애인의 떨리는 어깨를 도닥여 밖으로 나왔다. 좁은 골목까지 들지 못하는 택시에서 내린 우리는 습관처럼 손을 잡고 걸었다. 삼천오백원어치만큼 하늘이 밝아 있었다. 슬픔을 화폐로 쓰는 나라가 있다면 우리는 거기서 억만장자일 거야. 반지하방에서 옥탑방을 거쳐 볕이 고만고만 드는 이층집으로 옮겨 앉는 동안 당신도 슬픔에 대해 몇 마디 농담쯤은 할 수 있게 되었다.

　나는 애인에게 침대와 선풍기를 내어주고 바닥에 누웠다. 입추가 코앞인데, 채 가시지 않은 건 더위만이 아니었다. 바닥에 놓아둔 애인의 손전화에서 알지 못하는 사람의 이름이 여러 번 떠올랐다. 나는 괜히 확인을 미루고 있던 복권을 찾아보고, 그 빗나간 숫자들이 적힌 어느 시인선의 시집들도 뒤적였다. 침대 위의 베갯잇에는 어느새 침 자국이 동전같이 피어 있었다. 옹알거리는 당신의 목소리가 선풍기 바람에 날려가고 있었다. 이제 나는 어떤 말도 상처가 되지 않으리라는 것을 알았다. 어떤 말도 인제 상처가 되지 않는다는 것을 알았을 때 나는 상처받았다.

　양을 세듯 나는 낯선 이의 이름을 오래 헤아렸다. 꿈속에서는 가시를 세운 괴물 두 마리가 꼭 껴안고 있었다. 그들

은 서로의 심장이 다가붙을수록 더 많은 피를 흘렸다. 가시
에 찔리느라 모자라는 피를 서로의 몸을 핥으며 채웠다. 눈
을 뜨니 애인과 나는 모로 누워 서로 다른 벽을 보고 있었
고, 웅크린 채였다. 오늘이 월요일인 걸 떠올리곤 나는 집을
나섰다. 열쇠는 두고 나왔다. 애인도 오늘 무슨 약속이 있다
고 했었는데, 에어컨도 없는 집에서 자고 있는 것이 걱정이
었다. 애인도 나도 이 여름을 기억하고 싶지 않을 것이었다.

　사장님은 왜 이리 일찍 나왔느냐며 웃었다. 그 여름 우리
가 처음 손을 잡았을 땐 너도 손에 땀이 많다고 스스러워하
며 배시시 웃었었다. 계속 미끄러지는 그 손을 놓지 않고 여
기까지 온 것은 어떤 완곡한 몸짓일까. 애인의 손전화 비밀
번호는 여전히 그날이었다. 이마의 땀방울을 닦아주기엔 너
무 눅눅했을 베갯잇을 반성하는 동안 찾아든 밤은 하루 새
숨이 죽어 있었다. 팔뚝을 손바닥으로 비비며 좁은 골목에
들 때 누군가는 훅훅 더운 숨을 뱉으며 제 발로 집을 떠나오
고 있었다. 신열(身熱)이 깊은 사람이 오한을 곁따라 앓는
듯한, 늦은 여름이었다.

명화 극장

영원히를 말한다, 너는
나는 미래를 기억하고 있었다

우리는 겨울 해변에서 같이 낙조를 보았던 사이가 되어
가며

나는 붉게 어두워지는 일을 말하고 너는 영원을 속삭여서
서로의 입술을 덮어주었는지 모른다, 우리는

해변의 겨울에서 누군가의 기억 속 풍경이 되어가면서

다시 한번 너는 영원히라는 말을 하얗게 풀어놓고
나는 해변을 걷고 걷는다, 네 손을 붙잡고

화면 밖에서도 함부로 아름다울 수 있는지 보려고

해변의 겨울이 끝나야 비로소 우리는 해변의 봄에
닿겠지만, 어디서부터 해변은 시작되는 것일까

까맣게 하늘은 타고 있다
내가 영원한 미래를 속살거릴 차례였다

자취

  모르는 사람과 잤다 모르는 사람은 모르는 만큼 좋은 향기
가 나고 이름을 몰라도 눈부신 꽃나무 아래서 우리는

  나무뿌리처럼 얽혀 서로의 베개가 되어

  모르는 사람은 모르는 사람이 아니어도 아무도 얼굴 본
적 없는 아이를 낳겠지 얼굴도 모르는 그 아이를 생각하면

  핏줄이 뜨거워졌다 어떤 빛 속이라도 걸어갈 수 있을 것
만 같다

  꿈에서 깼을 때
  누가 오래 머리를 두었다가 간 듯이 베개는 인간의 체온
으로 젖어 있고 모르는 사람은

  모르는 사람 그만 일어나라고 흔들어 깨우는 손길을 기
다리며
  눈을 감고 있었다

모르는 사람

다시 모르는 사람과 잤다 모르는 사람은 머릿속까진 닿지 못하는 손길로 내 머릴 쓰다듬고 자꾸 몸이 더워 깰 때마다 나는 꿈을 하나씩 잊어버린다 "기억나지 않는 꿈은 모르는 꿈이야?" 그래도 느낌만은 생생해서 누군가는 그 꿈들을 살았던 것도 같은데

모르는 사람이 먹다 만 밥을 데워 먹으며 생각하면 이 밥의 힘으로 한자리에 누워 서로를 드나들었는데 마른반찬 얹은 몇 숟갈 밥을 앙 벌린 입속에 떠먹여주었는데 한 공기의 밥은 어떻게 다른 눈빛이 되는지 우리는 늘 몰라도 좋을 만큼만 사랑해서

가사가 기억나지 않는 노래를 흥얼거리다 모르는 사람이 떠오르면 알다가도 모를 일이라고 웃어넘길 수 있으면 좋겠지만 저 허공에 채보된 얼굴은 내내 눈앞을 떠나지 않을 것이어서 신(神)처럼 알 수도 없고 벗어날 수도 없다는 느낌만은 모르지 않아서

다시 모르는 사람과 잤다 "밥이 질리지 않는 건 맛이 없기〔無味〕 때문이래." 모르는 사람은 머릿속까지 간질이는 귀엣말을 하고 모르는 건 얼마든지 몰라도 좋다고 나는 믿어버린다 이 생생한 무지에 대해서만큼은 모른다는 걸 알 것도 같지만

모르는 사람을 알아버리면 모르는 사람은 어떻게 되는 걸
까 모르는 사람이 사라져도 모르는 일은 남는다 모르는 사
람이 떠나가도 모르는 일은 남겨진다 모르는 것을 얘기하
는 게 거짓말은 아니라고 더듬지 않으면 지워져버리는 꿈
이 있다고

　모르는 사람을 나는 꼭 아는 것처럼 끌어안는다

문장 강화

내 안의 마음이…… 라고 썼다가 지운다
내 안과 마음은 같지 않은가
역전 앞, 아침 조반, 넓은 광장처럼

내 마음이…… 라고 쓰고 지운다
내가 널 찾는다와 마음이 널 찾는다는 무엇이 다른가
마음과 나는 유전자가 똑같다

내가…… 라고 쓰다가 지운다 마음이…… 라고 쓰다가
지운다
내가 슬프다, 라고도 마음이 슬프다, 라고도 말한 적이
없다
슬프다는 한마디, 그 속에 벌써 우리가 산다

나는 혀를 버린다
다 씹은 껌처럼

말할 수 없는 기분으로
내 안의 내 안의 내 안의 내 안의……
마음의 마음의 마음의 마음으로
침묵의 지층이 쌓인다

화석의 자세로 꿈꾸는 말이 있었다

역전 앞의 앞의 앞의 앞으로 나아가 너를 기다리고
너와 마주앉은 아침의 아침의 아침의 아침밥 냄새와
끝없는 산책을 나설 것이다, 넓고 넓어 넓디넓은 광장에서

나는 눈을 깨뜨린다
스스로의 무게를 견디지 못하고 자신을 놓아버리는 빗방
울처럼

애기를 하다가 문득문득 창밖을 올려다보던 너의 눈빛을
말해야 하는 기분으로

내 안의 마음이…… 라고 굳이 다시 쓴다

•

수석을 해본 적 없지만, 상상해보면
하루가 멀다 하고 집을 버리고
물가로 산골로 돌을 주우러 다니다가
어느 날은 제멋대로 생긴
돌덩이 하나
나만의 작은 우주를 찾기도 하겠지

눈만 뜨면 매만지고 더듬고 물을 주고
어느 노랫말처럼 보고 있어도 보고 싶어서
그 기묘한 돌의 산수(山水)에 들어 살고 싶겠지
노랫말이 쓸쓸하게 들리는 어느 날이면
돌은 돌이다
사랑하는 게 고작 돌이라니……
돌, 저 별무소용의 것을 부둥켜안고
밤새 쓸모없는 표정을 짓기도 하겠지

아직 없는 아내를 상상해보면
아내는 돈도 안 되는 돌
죄 갖다 버리라고 성화를 부리고
나는 화폐가치로 환산할 수 없는 아름다움에 대해
입을 뻥긋하려다가, 내게는 없었을 아내라고 생각하면
그 잔소리도 퍽 귀하고 정겹게 들리겠지

어느 날은 돌, 그저 돌일 따름일 그것을
정말 돌멩이처럼 갖다 버렸다가
아니 원래 자리로 돌려놓았다가
돌의 무게만큼 가벼워진 집에서 열을 앓고
눈동자에 돌의 얼굴을 새겨놓은 것처럼
돌만 보여서 돌아버릴 것 같아서
다시 돌을 찾아가겠지
돌이지만 나의 돌이라서 한눈에 알아보지 않을 수 없는

돌은 마냥 돌처럼 있어
돌은 돌일 뿐인데도
금이야 옥이야 모시고 어루만지며 살다가, 나는
조금도 닳지 않은, 닳게 하지 못한
돌을 두고
하나의 막막한 표정으로 돌아가겠지

돌의 산수에 들어 살면서
한 만년쯤 쓸데없는 표정을 짓겠지
없을 당신들도 내 머리를 쓰다듬으며
빈방을 데우는 돌의 온기를
알다가도 모르기도 하겠지

염리동 98-13번지

염리동에는 천사가 살았었다 왜 모든 이야기의 끝에서 천
사는 결국 하늘로 돌아가는 것일까 천사가 흘리고 간 몇 잎
의 날개깃을 쓰다듬는 밤, 당신과 나의 영혼에 기록된 천사
는 얼마나 다른 얼굴일까 그것은 하나의 순간에서 태어난
얼마나 다른 얼굴의 쌍생아일까 나는 쓰다 만 일기장에 가
는 붓으로 빛나는 날개를 그려넣고 싶기도 하였다

새벽이 창문에 기대어 잠시 묵념에 들 적마다 왜 너는 내
가 아닌가 왜 날개 없는 천사는 인간을 닮았는가 금방이라
도 잠그지 않은 문이 열리고 다시 천사가 불시착할 것만 같
은 이곳엔 끝내 염리(厭離)하지 못한 물음이 세 들어 살고,
나는 천벌처럼 오래 머물고 싶었다 이제는 네가 없는 모든
곳의 주소가 되어버린 여기에서 천사의 품속에 머무는 것이
아니라 천사이고 싶었다

분명 살아 있는데 자꾸 살고 싶다는 생각이 들던 곳 우리
가 서로의 손가락 발가락 뼈마디 하나하나 더듬더듬 살아
보던 곳 염리동 98-13번지, 그 불시 착륙한 천국에 천사는
살았다

확진

   죽은 별이 빛난다 무덤 속 같은 우주를 가로지르는 빛은
제가 떠나온 별의 죽음을 모른다 이럴 땐 환영까지가 실제
다 마음이 아프다는 거 사랑하지 않았다는 것 마음을 다 주
었다면 모조리 다 썼다면 아플 마음이 없다 아플 마음이 남
아 있다는 아픔 그럴 땐 외면까지가 환대다 내가 저쪽으로
돌아앉으려 할 때마다 등뒤에서 안아주는 울음들아 밤하늘
같이 어두운 눈동자로 꽝꽝 별빛이 쏟아진다 빛이 제가 떠
나온 별의 죽음을 모르고

첫사랑에 대한 소고

새로 만든 배를 처음 물에 띄우는 진수식(進水式)에는 걱정하는 마음이 많다.

진수식에 온 사람이 한 사람밖에 없으면 출항하지 않는다. 반드시 두 명 이상이어야 배를 띄운다. 같은 날 두 척의 배가 진수식을 올려서도 안 된다. 둘 중 하나는 재수가 없게 된다.

처음 배에 올라서는 휘파람을 불면 안 된다. 휘파람은 바람을 몰고 오기 때문이다. 배에서는 용 이야기도 하지 않는다. 물속의 용이 하늘로 올라가 풍운뇌우(風雲雷雨)의 조화를 부리는 까닭이다.

옛 배꾼들은 폭풍우를 만나면 용왕의 노여움으로 알고 산 사람을 바다에 처넣는 공양을 했었다. 요즘은 그전에 희생물을 바치는 의미로 핏빛 포도주가 담긴 병을 뱃머리에 팽개쳐 깨뜨린다.

이상의 것들은 예측할 수 없는 바다에 대한 불안에서 비롯되었다. 안전과 풍어(豊漁)를 바라는 염원을 담고 있다. 이렇게 한번 떠난 배는 뒤돌아보지 않는다. 부모 형제라 해도 되돌아와 태우지 않는다.

한편 위의 풍어와 동음이의어인 풍어(風魚)는 폭풍과 악어라는 뜻으로, 해상에서 만나는 재해나 해적을 이른다. 또한 폭풍의 방향을 미리 안다는 물고기의 이름이기도 하다.

"참혹하거나 무섭거나 싫거나 하여 진저리가 날 정도이다."와 "정성이나 성의 따위가 몹시 대단하고 극진하다."라는 뜻을 함께 품은 '끔찍하다'라는 말처럼, 저 '풍어'도 두 마음을 한 몸에 안고 있다.

그 사이에서 배꾼들은 불길한 미래를 미리 살아보는 것이다.

손을 잡았을 때 힘을 빼던 당신의 손아귀나 나의 말이 당도하기도 전에 흔들리던 눈빛 같은 것을 떠올리면, 풍어를 찾아 폭풍의 향방을 짐작하려고 등대같이 불을 켠 눈동자를 이해할 수 있다.

우리나라 진수식은 붉은색과 푸른색, 흰색과 검은색 등 울긋불긋한 빛깔의 깃대로 만선을 이룬다. 돼지를 잡고 술을 받아, 무당을 데리고 연안이나 섬을 돌면서 노래 부르고 춤을 춘다.

진수식의 시작과 끝은 성황당에서 제의를 지내는 것이다.

― 예부터 성황당에 사랑을 발원하는 돌탑이 많은 것도 같은
이유다. 믿지 않고는 견딜 수 없는 날들이 있어, 맹신이 맹
신을 차곡차곡 받드는

시작하는 마음은 모두 미신이다.

마라톤

내가 조깅을 한다면
술이나 끊어 바보야, 너는 웃겠지

밤하늘을 가로지르는 별똥별 같은
그 미소가 좋아
운동화 끈을 조인다

산책로엔 외야수처럼 서 있는
가로수들, 금방이라도 뿌리를 들고
뛰쳐나갈 것처럼

왜 야수처럼 서 있나

부푸는 폐를 안고 나무 사이를 달린다
불타는 꼬리를 끌고 태양 주위를 운행하는 혜성이
나의 주법(走法)

천천히 뛰어 바보야, 너는 웃겠지
나는 천천히 그래서 달린다

낙화유수(落花流水)

끝내 너와 나의 일은 인간의 달력에는 적을 수 없겠다
한때 꽃은 물위로 달아오른 몸 던지고, 물은 뜨거운 꽃그
늘 품었으나
꽃잎 와르르 무너지는 벚나무 아래서 우리는 떨어질 줄
몰랐고
서로의 어깨에 기댄 채 영원처럼 앉아 가을 강가를 구경
했으나

사랑은 사랑이지 못하고 이별은 이별답지 않았으니
가지를 버리는 꽃잎처럼은, 뒤돌아보지 않는 강물같이는
힘겨웠으니
식어버린 몸은 마침내 마음을 띄워 떠내려 보냈으니

내 안을 유영하는 물고기들의 일은 잡다한 것이다
내 등을 떠미는 바람은 한갓된 것이다
꽃은 물이 흐르는 대로 내쳐 흐르고, 유수는 떨어진 꽃을
다시 틔우려는
그것은 끝끝내 인간의 달력 밖이라서 인력이 아니라서

지금 나는 꽃잎을 품고 얼어붙은 겨울 강처럼 엎드려 있네
그 강바닥에 꽃그늘 하나 못박혀 송곳같이 깊어가네
영영 가라앉지 않는 마음 하나는 낙화유수도 싣고 가지
못하니

오늘밤이 세상 마지막이라도

울음소리만 푹푹
눈을 밟으며 떠가는데

눈이 가득하니
들어찬 흰 마음들은 좋을 것이다

Side B

청진(聽診)
—북아현동

나는 올해로 서른 살이 되었다
누구보다는 오래 살았고 누구보다는 일찍 죽는다
그때부터 오늘까지 지금부터 그날까지

내 모든 날의 별자리가 떨어져내리는 밤
당신의 이름을 부표로 띄우고, 마음의 수위를 더듬는 밤
오래 돌보지 않은 불행에게도 정이 드는 밤
급한 마중을 하려는 듯 긴 골목을 맨발로 뛰어나가는 바
람 속에서
웃음소리가 높고 맑았던 소현이나 제법 점을 잘 쳤던 장
호 같은
너무 젖어서 떠오르지 않는 얼굴들을 건지다 보면
국제나 굴레방이란 이름의 여관방을 넘어오는 소리가 들
리는 듯

오늘은 기일, 세상의 매일은 누군가의 기일
나의 울음을 나에게 돌려주는 날

가난한 이의 마음은 더 가난하고, 가난보다 더 가난한 마
음들
밤늦도록 깜박이는 술집을 비틀대며 나오는 단벌의 영혼들
십수 년 만에 어두운 천체를 찢고 가는 떠돌이별들
밤의 척력에 떠밀려 서로의 등을 마주 보이며 멀어지면

그 사이를 스치는 바람에게선 유독 낙엽의 맛이 돈다   ―
언젠가 악수한 적 있는 시간의 손가락은 그새 많이 야위
었다
생활을 무너뜨린 자리에 생활을 재개발하는 농담이 유행
하는
북아현동, 우리는 이곳에서 여러 잠을 잤다

북쪽에 머리를 두고 자면 안 된다는데, 당신은 잠이 참 많
아서
올해도 스물아홉 살이 되었다
지금부터 그때까지 오늘부터 그날까지

누구나 가슴을 허물어 내압을 확인해야 하는 날이 있고
이 별의 반대쪽에도
언 창문에 귀를 대고 숨소리를 청진하는 넋이 있겠다

캐치볼

네 입술은 잘 길든 글러브 같아 잘 던지고 잘 받는다 알사
탕같이 농담을 굴리며, 입을 가리고 웃는다

입은 입을 바라보고 입속에서 입속으로 같은 계절풍이 드
나들고, 작은 유리잔에 담긴 시간을 나눠 마시는

농담을 하니까 사람 같다
웃음 속에서는 오늘이 녹아내리고, 우리는 나쁘게 좀더
헤프게

일어날 수 없는 일이 농담처럼 벌어질 때까지
저녁은 저녁의 빛으로 물들고 겨울은 겨울의 체온으로 젖
을 때까지

입을 가리고 웃는다, 방금 또
스쳐갔다

반려

발밑의 그림자가 유독 짙어질 때마다 고개를 들면 빛들이 가로등에서 투신하고 있었다 날벌레들이 등(燈)에 온몸을 들부딪으며 빛을 향하고 있었다 멈추지 못할 그 유독한 맴돎을 지켜보고 있으면 곁을 지키던 슬픔이 못다 한 산책을 낑낑거렸다 우리는 목줄이 없이도 나란히 인간의 속도로 걷고 있었다 너는 무슨 위로가 필요해서 따라나섰니 슬픔은 꼬리를 흔들며 순한 눈동자를 떠올릴 뿐 그래봐야 울음의 청역 안인데 한 사람도 안아주지 못했던 팔의 안쪽인데 한 마리 슬픔만이 깃들 만한 품속인데 걷고 걸어도 되돌아오는 길을 우리는 앞으로 앞으로만 걸어가고 있었다 마음을 다 써버리고 싶어 쓸 수만 있다면 밤이랑 산책은 멀고 여러 날 수평자처럼 누워만 있던 몸보다 마음이 먼저 눕고 싶어졌다 슬픔 앞에 허연 배를 드러내고 쓰다듬어줘 아니 내가 핥아도 될까 씩씩한 슬픔의 충견이 되고 싶었다 잠시 다른 사람의 냄새를 맡고 싶었을 뿐인데 자정의 공원을 산책하다 보면 자꾸 목을 채는 게 있고 뒷다리를 들고 밤을 적시는 슬픔이 있고 컹컹 짖는 마음이 있었다

태풍 속에서

가위표로 유리창에 테이프를 붙이고
문에 대못을 박는다
오고 있다고 하니까
꽝꽝 하늘 한구석이 어두워진다

X 표시를 한 마음은 금이 가지 않기를
깨어져 떨어져나가지 않기를 기도하고

우리집에 나무문 같은 건 없는데
가까이 왔다고 하니까
있지도 않은 문에 나무를 덧대고
허공을 허공으로 못박으니까

천둥이 친다
들릴 듯이만 먼 데서 두 마음이 부딪는다

감자를 지하실에 옮겨놓고 왔을 뿐인데

창밖 하늘은 하늘색이고
기척 없이 문이 열린다, 누군가 지문만을 찍고 간 듯
우리집은 너무 작고 조용해서
기도를 하면 울리는 메아리가 있다

오고 있다고
가까이 왔다고

동물 소묘

"요즘 어때?" 누가 물어오면, "그냥."이라고 얼버무릴 날들
마음이 마음을 돌보지 않은 지 여러 날이다
창밖 놀이터의 벚꽃은 이 저녁을 견디기 힘들 것이다
힘들다는 거, 방금 몸 매달 한 가닥 줄도 없이 방바닥을
가로지르던 점 하나
그 거미의 옹송그린 자세 같은 거
불을 켜지 않는 방에는 실수로라도 찾아올 날
벌레도 없는데, 나는 괜히 미안함을 가져보고 싶어서
거미를 지켜보기만 했지 아껴 맛봐야 할 마음의 양식인
듯이
"왜 그래?" 누가 알아주면, "아무것도."라며 말 흐릴 날들
씻어야 할 마음이 있는 것 같아서
샤워기를 틀면 습기 찬 저녁은 알몸뚱이를 거미줄같이 감
싸고
방바닥에 흘린 물기를 걸레로 닦으며
물 한 방울 마실 데가 없었을 너에 대해 반성했지
나는 어쩐지 미안함을 느끼고 싶어, 방바닥에 붙어 눈감고
침묵으로 거미의 울음소리를 돌보고 있으면
이 밤이 벚꽃을 토하는 소리가 창을 넘어오고
'괜찮니?' 혼잣말을 하면, 방 한구석에
작은 물방울의 자세로 숨을 죽이는 감정 하나
마음의 변태로나마 붙잡고 싶은 한 목숨이
거미줄도 없는 허공에 매달려 아슬아슬 깊어진다

졸업

교문 앞엔 오래된 나무가 있었고

매일 똑같은 나무 아래를 지나 학교에 갔다
어리둥절했고, 익숙해졌고, 젖어들었던
세 번의 봄여름가을겨울 동안

나무를 똑바로 본 적은 없었다, 나무는
수목학자나 조경사나 사색가나 벌목꾼 들의 것
수목학자도 조경사도 사색가도 벌목꾼도 아닌 우리는
생각만으로도 벌받을 것만 같아

뭔가를 참고 있었다 무언가를 기다리고 있었다
겨울가을여름봄이 세 번 스쳐갈 때까지
맨들맨들해진 교복을 입고 웃어요! 김치
지울 수 없는 사진을 찍을 때까지도

드디어 돌이키기 싫은 시간이 끝났구나, 교문을 나서며
이제 무엇을 바라야 할지 가르쳐주기를 바라며
굽은 등을 슬쩍 나무에 기대지 않았다면 그랬겠지

오래전에 죽은 나무였다
풀지 못했던 숙제를 몰아서 했다

살아 있는 무대

내 얼굴을 보게.
내 이름은 '더 훌륭해졌을지도 모를',
혹은 '더는 아닌', '늦어버린', '안녕'이라고도 불리지.
—유진 오닐, 『밤으로의 긴 여로』에서

아름다운 사람을 보았다
나는 불행해졌다
아름다움은 무슨 색일까
고민하고 있었는데

아름다운 사람은 아름답게 가꾼 사람이 아니라
아름다움이 빚은 사람 같고
나는 내가 되고 싶은 내가 아니라 있는 그대로의 나여서
세상은 눈부신 불행으로 환히 지워지고
나는 아름다운 사람을 향해서만 살아남자고 다짐했다

살아남자는 살아서 남자는 건지 남았으니 살자는 건지
상관없었다, 아름다운 사람은 너무 아름다워서
사랑이란 게 존재하지 않더라도 나는 그를 사랑해
사랑했기 때문에 사랑했다

긍정적인 절망으로 절망적인 긍정으로 살아서 남아가며

나머지로 살아가며   —
  종교 없는 사제같이 신도 없는 종교같이
  무대 밖의 배우같이 관객 없는 무대같이
  차라리 아름답게 망해버리기라도 했으면 기도할 때

  밤은 왔다
  아름다운 사람과 그렇게 만났듯이

  아무도 어둠 속에서는 아름답지 않았다
  우리는 빛을 잃었다
  아름다운 사람에게 나는 어디 있느냐고 물었다
  —북극점에 서서 북쪽이 어디냐고 묻는 건가요, 북극점보
다 더 북쪽은 없고 나보다 더 나는 없어요

  아름다웠던 사람의 이름은 혼자였고
  혼자와 더불어 나는 혼자였다
  날이 밝으면 나도 혼자처럼 아름답고 싶어요
  —기도를 가장 먼저 듣는 건 나 자신입니다, 신의 귀가 우
리보다 밝았더라면 애초에 기도는 그쳤을 거예요

  나는 아름답게 죽고 싶다고
  내가 살지 못할 인생을 두고 울고 싶지 않다고
  돌이킬 수 없는 게 있다고 생각하면 울고 싶어 견딜 수가
                                                            —

─ 없다고 울먹였다
　　─가장 아름다운 성당은 신앙하는 마음속에 있습니다, 이
세상에 무대 바깥은 없어요
　　당신은 살아 있는 무대입니다

　　아침은 왔다
　　무대에 서서히 조명이 켜지듯
　　아름다움은 무슨 색일까
　　아직 끝나지 않았는데

　　나와 함께 나는 혼자였다

　　─아름다운 사람을 보았다
　　나는 그다음 대사를 고민하며
　　걸어나갔다 나의 보폭으로

　　살아 있는 무대의
　　빛 속으로

─

있다

웅그리는 사람이 있다 두 팔로 무릎을 감싸 안은 채 조금씩 제자리를 비우고 있다 허공에게 더 많은 옆을 내어주고 있다

정오의 눈사람같이
강물에 모서리를 씻는 자갈처럼

웅크리는 사람이 있다 머리와 두 팔과 두 다리가 다섯 손가락처럼 얇아지며

이파리를 털어내고 말라가는 겨울나무같이
한바탕 비를 쏟고 작아지는 먹구름처럼

옴츠러드는 사람이 있다 혼잣말을 하며 쉼표인 듯 마침표인 듯 점점 웅등그러지는 사람이

마침내 한 방울 물기마저 사라져버리고
머물던 자리를 다 내어주고

허공이 되어버린 사람이 있다 우리가 우리를 그러안을 때 품속엔 그 사람이 있는 듯하다

있다, 여기 또 그 자리에 당신이

필경사들

누가 이리 아름다운 말들을 적어 보냅니까
부족하게도 우리는 눈도 귀도 두 개뿐이어서
머리와 몸통과 팔다리를 다른 바구니에 넣어둔 조카의 장
난감같이
우리의 이목구비로부터 사지로부터 오장육부로부터
우리는 점점 멀어지기로 합니다

인공위성처럼 떠도는 우리 파편들이 쉼 없이 수신해오는
금언(金言)들
잃어버린 손목은 어디서 밤새우며 받아 적고 있습니까
부족하게도 손도 발도 두 개뿐이고 그마저 몽당연필처럼
닳아가지만
불야성 속에서 별을 보기 위해 별처럼 빛나는 인공위성
을 찾기 위해
우리는 얼마나 더 어두워져야 할지 모르겠지만
우리는 버려질 수도 없습니다, 아무도 우리를 가진 적 없
으니까
꿈꾸는 청년을 영원히 계속하며

무릎을 텁니다, 닳아 없어질 때까지
무릎을 텁니다, 아름다운 말들이 이야기하는 대로
무릎을 텁니다, 털어야 합니다
정자(正字)의 세계입니다 필기체로는 안 됩니다

자정(子正)의 거리를 서성이다 보면 어둠만이 우리를 정 ―
서(正書)하고 있는 듯합니다
부족하게도, 배가 고픕니다 배가 고파도 되겠습니까 배가
고프니까 청춘입니까

부디 더 많은 金言을

빈방 있습니까

눈감으면, 눈동자와 눈꺼풀 사이가 천지간입니다
막막입니다 누운 키보다 낮은 천장입니다

어떤 말은 입이 아니라 눈 밖으로 쏟아지고요
(넌 세상에 묻은 얼룩일 뿐이야, 그리고 모든 얼룩은 실
수지.)
닫힌 눈꺼풀을 비집고 새어나오는 얼룩이 있습니다

긍정적으로 생각해보면 얼룩은 썩 괜찮은 장래희망입니다
곰팡이에겐 감각기관이 없겠지요 아플 줄 모르겠지요
감각할 줄 모르는 자들이 소유를 합니다
시간을 지낼수록 검버섯같이 더욱 짙어지겠습니다

오늘 강수확률은 50%입니다, 외출하시는 분들은……
차마 끄지 못한 텔레비전은 또 정답을 말하고 있습니다
빗소리는 계약서도 없이 방안에 들어 고이고
계세요, 나를 씻으러 오는 소리가 있고
나는 내가 있는지 없는지 물어볼 사람이 없습니다

(99%쯤 나를 잃고 1%로 살아갈 수 있다면)

얼룩은 그게 자기 일이라서 점점 흐리고 엷게 번져갑니다
무늬와 얼룩의 계급 차이는 얼마만 한지

흐리다 옅다 번지다 같은 일도 나의 이력이면 좋겠습니다 ‾
떠도는 나의 벽지(僻地)는 풍습같이 새로운 벽지(壁紙)
가 필요합니다만

풀을 바른 듯이 눈감고 있다 보면
좁은 홑창을 비집고 온 햇살에 미안한 마음이어서
열어둔 문으로는 낯설지만 뻔히 알 듯한 얼굴들이 들락
거리고

나라가 망해도 사람은 남겠습니다
우리는 옛날에 사라진 나라의 문자 같은 표정을 하고
서로의 복덕(福德)을 빌어주었습니다

검은 봉지의 마음

말하지 않아도 검은 봉지에 담아주는 것이다
배려란 이런 것이라는 듯
검은 봉지 속 같은 밤을 걸어 타박타박 돌아오다 보면
유리의 몸들이 부딪는 맑은 울음소리 난다
혼자는 아니라는 듯이

혼자와 환자 사이에는 ㅏ라는 느낌씨 하나가 있을 뿐
아아, 속으로 삼켰다가 바닥에 쏟기도 하는
말라붙은 열, 형제자매의 소리
거리에는 늦은 약속에도 아직 도착하지 않은 게 있고
길목을 네 발로 뛰어다니며 꼬리 흔드는 마음이 있고

떨리는 손으로 끝내 쥐고 놓지 않을 것이 남았다
끊을 거야, 비록 이것이 우리의 입버릇이지만
간판이 빛난다는 것은 아직 빈자리가 남았다는 뜻
습벽이 있다는 점에서 우리는 같은 족속
너에게는 이파리를 찢는 버릇이 있었지
아무리 찢어발겨도 초록은 잎을 떠나지 않는데

검은 봉지 속 같은 방에 들어 자기 숨에 취하는 시간
어린것을 핥아주는 초식동물의 눈빛으로 빈 것을 바라보는
인사불성의 성주(城主), 형제자매의 눈동자
누구라도 마지막에는 이토록 짙은 냄새 풍기겠지

누군가는 이 행성의 자전을 위해 갈지자로 걸어야지　　　—

다시 또 검은 봉지같이 바스락거리는 시간을 건너가면
배려란 무엇인지 보여주려는 듯
자고 있는 염리마트와 대흥슈퍼, 되돌아오다 보면
두 귀를 꼭 묶은 검은 봉지를 들고 나오는 형제자매들
아아, 무사한 오늘에 대한 우리의 관습

말하지 않아도 검은 봉지에 담아 버리는

꽃매미 울 적에

재개발을 앞둔 동네의 과일가게도 해가 길어지자 과일을 바꿔 들였다. 널조각 위에 널린 채 백열등 불빛에 농익어가는 자정의 과일들, 앞을 서성이는 사람의 손에 들린 검은 비닐봉지는 어둠을 한 겹 덧입고도 속을 들키고 있었다. 길가까지 나와 붉은 계절을 속으로 삭이는 물이 많은 과일의 삼층탑을, 그는 가리산지리산 탑돌이하다가 갈 길을 갔다. 쟁그랑쟁그랑 소리에 과일가게도 주름 많은 천막을 내리고 이른 동면에 들었다. 올해는 울지도 않는 주홍날개꽃매미가 극성이었다. 사람들은 아침마다 거리를 점점이 물들인 꽃매미를 피해 깨금발을 했다.

나의 초상

한밤중 전화벨이 울리고 나는 나의 부음을 듣는다 죽음은 처음이지만 장례는 살아갈수록 익숙해진 일이어서 검은 넥타이를 단단히 조인다 거울에 두 번 절한다 오른쪽 주머니에서 꺼낸 조의금을 왼쪽으로 옮긴다 왼손이 따른 술을 오른손으로 받으며 나는 나를 그리워한다 나라는 놈은 철새처럼 날아가고 싶어했지 그게 철새에겔랑 얼마나 혼곤한 일상인 줄 모른 채 돌이켜보면 우리는 서로의 꼬리를 물려고 빙빙 맴을 돌았던 두 마리 짐승이었어 토끼면서 사냥개였고 사냥개면서 토끼였지 강설을 기다리는 산토끼의 붉은 눈알로 먹잇감을 노리는 들개의 숨죽임으로 서로의 목덜미를 물어뜯고 싶었는데 마침내 나는 내게서 가장 먼 곳으로 날아가버렸다 나는 내 삶에서 탈락한 것이다 벌어진 살과 살이 서로를 찾을 때라야 상처는 입을 다무니 나는 나의 흉터조차 되지 못하니 한밤중 전화벨을 울리고 나는 내가 죽었다는 청동빛 소식을 내게 전한다 삶은 최초의 슬픔이지만 슬픔은 벼릴수록 무뎌지는 것이어서 오늘도 찾아든 나의 기일에 사냥개는 귀를 쫑긋 세우고 토끼는 붉은 주둥이를 맺기 좋은 날에 전화는 울고

괄호의 나라

유일한 백성이었던 내가 떠나오면서
그곳은 괄호의 나라가 되었다

국경을 넘기 위해 무거운 표정들은 거기 두고
별일 아니라는 듯 휘파람을 구름 위로 던지며 강을 건넜다

이곳에서는 빈 얼굴의 인사가 세련되어서 다행이다
사람들은 아침마다 표정을 얼굴에서 놓아주었다

장대높이뛰기 선수를 꿈꿨던 날들은 얼마나 우스운지
그곳에 남았더라면 고작 막대기 하나를 뛰어넘고 기뻐했
을 텐데

카페에서 우연히 만난 당신은 한 손으로 얼굴을 괴고
빨대로 휘휘 컵을 휘젓고 있었고

우리는 조국에서 모국어를 쓰는 사람을 만난 것처럼 신기
해할 것도 없이 안부를 물었다
네 얼굴을 두 손으로 감싸주려다가 황급히 그것을 주머니
에 찔러넣었다
서로의 얼굴을 두 손에 담아주는 것은 그곳의 인사법이
었으니까

당신도 괄호처럼 외롭구나

표정이 흘러내리지 않도록 누군가 두 손에 네 얼굴을 담
아주면 좋을 텐데

사람이 볼 수 있는 자기 표정은 눈물뿐이야, 알고 있지?

이상한 말을 들은 날에는 이상한 꿈을 꾼다

장대높이뛰기로 풀쩍 날아오른 나를 너의 두 손이 받아
준다

한없이 펴져가는 수면이 되어 손가락 사이를 흘러내렸다

괄호의 나라를 가득 채우고 출렁출렁이며

물의 표정으로 웃었다

친구들

내가 잘 있는지 궁금할 때면 너의 안부를 묻는다
"살아서 귀신이다." 너는 대답한다

여전히
거식증 환자가 음식 대하듯 사람 눈빛을 마주보지 못하
는구나

그래도 그렇지, 살아 있는 귀신이라니
생귀신(生鬼神)이라는 말을 사전에서 찾아내고서야
내가 좀 살 것 같아진다

너의 빈손이 나의 빈손에게 안부를 돌려주고
"죽지 못해 산다." 나는 웃는다

아직도
삶을 과식해서 만성 체증을 달고 살아 명치끝에 걸려 내
려가지 않는 이름들을 두드리며

살아 있는 귀신과 죽은듯이 사는 사람의 대화는
사는 게 사는 게 아니고 죽는 게 죽는 게 아니라서
이도 저도 아니어서 이러나저러나 마찬가지여서

우리는 다른 친구의 안부를 묻고 또다른 친구의 안부는

속에 묻는다, 귀신같이
연락 한 번 없는 친구는 우리의 자랑

서로의 무소식을 기다리며 우리는
안녕보다 먼저 안부를 묻는다

둘도 없는
친구니까

나의 투쟁

머리카락을 기른다. 머리가 자라는 만큼
세계에 더 참여하는 기분
매일 0.3mm씩 세상을 뒤덮는 십수만의 첨단은
고통을 모르는, 나의 자랑

머리카락에는 핏줄이 없습니다
마음껏 색을 입힐 수 있습니다
세우고 눕히고 구부릴 수 있습니다

머리카락을 기른다. 아주 작은 숟가락을 세상에 얹는 느
낌으로
멀거니 눈동자를 굴리며 누워 있는 사이에도
아무 느낌에서나 머리는 잘 자라는구나
구석에 몰린 쥐가 고양이를 무는 것처럼

머리카락에는 인격이 없습니다
멍청한 머리라도 붙어만 있으면 잘 자랍니다
가야 할 때를 아는 미덕과 함께

머리를 기른다. 머리카락이 길어질수록
지구를 더 검게 물들이는 기분
온화한 테러, 은밀한 쿠데타, 나의 정규직
관 속에서는 나보다 더 키가 크겠지

머리는 기른다. 머리는 나를 기르고
머리카락에서 나는 잘 자라고 있다
잘하고 있다

개벚나무 아래서

사랑, 끝까지 가보는 것, 그 끝에서 나를 만나는 것, 나는

개입니다 쉬쉬하는 얘기입니다만 곧 짓뭉개질 벚꽃들 속
수무책 달보다 환한 밤이면 고백이 그립습니다 차마

고백이라니
마치 나는 나를 안다는 듯

고백의 순간 네 얼굴은 미묘하게 일그러지고 영원에서 찰
나로 빨강에서 핏빛으로 그림자는 깊어지고 벚꽃처럼 징그
럽게 결백한 손끝들 만발하고 마음은 마음을 조리돌리고

처음 꺼내 입은 새 옷에 흙탕물이 튄 표정으로
차라리

말 못하는 짐승의 목을 조르겠습니다 고백은 칼집을 떠난
칼날이니 너를 찌르겠습니다 네 마음은 알겠어 꺼지라는 건
지 죽어버리라는 건지 말해주지 않는 비참 앞에서

고백은 살고 싶은 마음
목매달면 하르르, 공중을 빗질한 듯 벚꽃은 흐드러지겠네

혼자 하는 캐치볼

고백은
뱉고 나면 밑창에 짓밟히는 벚꽃
고해성사하는 신이 달빛을 더욱 켜는 밤
창문을 열고 자위하는 사람

고독은 고백에서 나옵니까, 참을 수 없는 건 네가 아닌 나
에 대한 것이므로, 나는

개라니까, 스스로 던진 고백을 쫓아 혀를 빼물고 네 마음
밭 위를 뛰어다니는

벚나무들은 내년 봄에도 말간 눈알같이 아름답겠지요

밤마음

　병신 새끼, 그렇게 말하려다 그만둔다. ㅂ은 쭈그려 앉아
두 팔로 자신을 감싸안은 사람 같고, ㅕ는 누군가를 안아주
려고 뻗은 두 팔 같고, ㅇ은 그냥 슬플 수 있는 밤이다. 신은
언제나 슬펐다. 빈 잔이 핀잔보다 독한 시간의 늪지에서 하
루만큼 더 죽은 몸을 회석식 술로 씻어주는 밤의 장례. *어
떤 의미로든 우린 실패할 거야.* 우리는 이 지방문(紙榜文)
을 서로의 이마에 살뜰히 적어준다. 구간 반복 재생한 테이
프같이 늘어지며, 주문(呪文)처럼 했던 말을 또 해도 질려
달아나지 않는, 밤. 사실 나는 아까부터 스피커를 타고 오
는 낯선 가수의 목소리만을 좇고 있다. 너는 곡괭이 모양으
로 고개를 주억대며 밤 속으로 더 파고 들어간다. 같은 술
을 마시며 각자의 취기로 흔들리는, 눈을 감으면 더 깜깜하
기만 한, 마음은 밤의 실내. 너무 외로워서 손가락 하나 까
딱할 수 없다고 너는 말한다. 나는 휘파람에 내 이름을 실어
내게 들려준다. *실례를 당하고 싶어.* 왼쪽 페이지에 이 밤을
적고 오른쪽 페이지에 이 마음을 새겨 덮으면, 병신들이라
는 제목의 책이 되겠다. 책의 부제는 너와 나의 이름, 서로
에게 그 책을 읽어주는, 밤은 마음의 실내. 무책임만이 우
리가 짐 진 유일한 책임, 무질서만이 우리가 지켜온 고독한
질서. 우리의 신청곡은 한 번도 겹치지 않는다. 세상에 없
는 노래를 신청곡 목록에 끝없이 적어내려갈 수 있을 듯한
하릴없는 평화. *이제 집에 가자.* 밤과 낮 중에 뭐가 더 무섭
냐고 네가 또 묻기 전에. 밤의 마음이든 마음의 밤이든. 새

벽빛은 우리에게 또다시 자신을 열어두고 —

—

국지성 호우

서로 너무 다른 말을 하는 내게 나는 의자를 내주네
창문 앞이니 창문을 바라보았지
비 내렸고, 그것은 내가 가장 오래 들여다본 눈동자였네
창문을 보다 보면 창문을 보면서도 창문은 아닌 기분
눈맞춤 할 때는 지난 일을 읽으려 하지 않는 게 예의라고
기억이 아니라 기억으로 쌓이려는 순간을 지켜보라고
서로 다른 마음을 내게 들려주는 동안
저녁은 일곱시나 여섯시 사이를 어쩌면 열시나 아홉시의
모퉁이를 돌아갔네
왜 하필 그 시간의 창문인가요, 내게 물었지만 나는 아직
대답을 듣지 못했네
비는 내리고, 비가 와 다행한데, 비는 창문에 숱한 지문
만을 찍고
얼룩은 굉장히 무감한 자들의 악취미입니다
도깨비불을 인가의 불빛으로 착각한 사람은 길을 잃겠지요
창문에 떠오르는 표정을 신기해하며 그 얼굴에 손끝을 뻗
어도
눈꺼풀 닫지 않는 창문, 내리는 비가 있었으니까
헤어지면서 자기는 귀신을 본다고 고백했던 옛 애인을 떠
올렸는지
한 번도 얘기한 적 없는 미확인비행물체를 입 밖으로 날
려보고 싶었는지
창문을 볼 게 아니었으면 창문 앞에는 앉지 말았어야 했

는데
　창문을 보다 보면 언제까지나 이대로 있어야만 할 것 같고
　창문을 보면서도 창문은 없는 느낌
　어째서 창문인가요, 아마 나는 창문이 되고 싶었나 보다
　물에 잠겨 망해버린 나라를 상상하는 창문 밖에는 창문밖
에는 안 보이고
　창문 하나를 사이에 두고 너무 다른 일기 속에서
　이쪽은 젖거나 저쪽은 젖지 않네 저쪽은 젖어들거나 이
쪽은
　떠나버렸네 내가 내다보던 곳을 이제는 내가 들여다보며
　서로 다른 마음을 먹는 내게 나는 빗속을 내주네

저녁에

무엇보다 불을 켜는 건
빈집을 지키던 그림자에게
밥을 먹이는 일

나는 인간적이 되고
그림자는 까맣게 혈색이 돌아
인간의 꼴에 가까워지는
저녁에

창밖에 흘러내리는 저녁 사이로
나무를 옮겨 앉는 새를 보았고
그것을 새의 정치라고 불렀지

밤낮을 만 번쯤 옮겨다니면 서른

안에서 잠갔던 문을 안에서 열고 나갔다가
밖에서 잠근 문을 밖에서 열고, 다시
안을 찾는 저녁을

건너려면 더 많은 습관이 필요해
몸을 바닥에 눕히면
나와 그림자는 서로의 뒷면이 되고

바닥에 닿을수록 짙어지는 것이 있다
우주의 9할은 어둠이라고 말하는
다큐멘터리를 보는 저녁에

저녁의 변두리에서 변두리의 저녁으로 옮아가는 저녁에

몇천 번쯤 낮밤을 옮겨다니다 보면
그대와 함께 덮는 저녁도 있겠지만
나머지 우주의 1할도 빛은 아니라는

저녁에, 문을 잘 잠갔던가
어제의 그림자가 기억나지 않는
무엇보다 불을 끄는 저녁에

투명

강아지가 집을 나갔다
죽었다면 차라리 나았을 텐데

다리가 짧고 코가 새까맣고
털이 눈밭처럼 하얀 개를 지나치면
아니 눈 녹은 자리처럼 지저분한 개를 보면
멀거니 뒤를 좇게 된다

하나의 소실점으로 멀어질 때까지
모퉁이를 돌아 사라질 때까지

두 남녀가 손가락을 걸고 걷는다
당신이 없으면 나는 사랑에 대해 아무 말 못해요
당신이 없었으면 나는 사랑을 이야기할 수조차 없어요
그런데 당신을 말하려고 하면

손끝만 닿아도 스륵 풀려버릴 것 같은 매듭들

빈 목줄을 질질 끌며 너무 멀리 온 것 같다
우연히 어딘가에 걸린 목줄을
무의식적으로 놓쳐버리고 싶은데

집을 나간 강아지는 어떻게 나를 끌고 다니는지

새로 산 흰 운동화에 벌써 얼룩이 든다

목을 긁는 버릇이 발생한다

악마인가 슬픔인가

고양이는 내 품에 일신(一身)을 맡기고
아무렇지 않게 아무렇지 않게
잠자고 있다, 맹신을 전도하고 있다
갑자기 제 목을 조를지 모르고
누군가를 해코지하고 씻지 않은 손으로
저를 쓰다듬을지 모른 채
아무렇지 않게 아무렇지도 않게
이마를 내 손등에 부비고 있다, 예수님처럼
내가 고독사(孤獨死)하면 날 뜯어먹으렴
죽어서 나쁜 건 하나뿐이야, 풀지 못한 궁금증
우주가 흘린 우리라는 찌라시에 대해
죽은 친구를 자꾸 꿈에서 만나는 일에 대해
다 버렸는데도 남아서 아픈 마음에 대해
번번이 나는 의문을 희망으로 착각하는데
너는 진즉 깊은 사료를 마쳤다는 듯
아무렇지 않게 정말 아무렇지도 않게
털을 고르고 있다, 결백한 피조물의 모습으로
이렇게 긍정적으로 바라보는 버릇 때문에
나는 상실과 패배마저 빼앗길 것이지만
사실 나는 무엇이든 할 수 있단다
70억의 생활을 몽땅 상상할 수 있고
그런 밤은 자꾸 몽정을 할 것만 같아
나도 모르게 내 안에 쌓이는 것들이 무섭지만

너는 믿음이라는 말을 몰라서 나를 믿어
아무렇지 않다는 듯 아무렇지도 않게
나는 아침마다 머리를 엉덩이를 긁적인다
밤새 뿔과 꼬리가 자랐는지 염려하지 않으며
너의 반려동물인 나는

비포장도로

닿을 듯 말 듯 걷고 있었지
악수보다는 가깝고 농담보다는 조금 떨어져서

이봐 거기 조심해, 뒤를 돌아보니
길을 가득 채운 거대한 짐마차가 달려오고

한 사람은 진창에 한 사람은 덤불에 발이 빠졌지
어느 쪽이든 더럽고 아픈 것은 나였기를 바라며

요즘 같은 세상에 짐마차라니
우리는 웃었지, 사실 나는 나의 표정을 볼 수 없지만

풀독 오른 발목 긁으며 흙 묻은 운동화 털다가
비포장도로라니, 어쩌다 우리는 여기까지 왔을까

다음에 짐마차가 달려오면 덥석
너를 내 품에 들렀다 가게 해야겠다
화락 몸을 날려 네 위를 다녀가야겠다
이봐 거기 위험해,

뒤를 돌아봤을 땐
모든 것이 모든 곁이 깔끔히 정리되어 있었지, 저것 봐 이
렇게 좋은 길에서 신발을 신고 다니는 사람들 이상하지 않니

요즘 세상답다

우리는 포장도로를 농담처럼 맨발로 걷고 있었지
지저분한 발을 보고 누구도 악수를 건네지 않는지
이상하지, 악수는 발로 하는 게 아닌데

짐마차는 무엇을 위한 인간의 기교일까
웃었지, 어느 쪽이든 아마 그랬을 거야

겨울 학교

지난겨울은 함께였고
이번 겨울은 혼자인데
그러고 보니 겨울은 추운 계절이다
옆에 있던 동안은 추운 걸 알 수 없어서

종일 감고 있던 목도리를 네게 둘러주고 싶다
가난한 심장에게도 온기는 있어
이 상냥한 열기가 달아날까봐 사람들은 목도리를 동여매고
거대한 성탄목 아래 모여 사진을 찍는다

손을 잡으면 손으로부터 열기가 번져나가 온몸이 마음이
나니
눈을 마주치면 눈동자로부터 물기가 퍼져나가 온몸이 슬
픔이나니

올겨울은 함께였고
올 겨울은 혼자여도
공기를 덥히는 눈송이들의 아름다움
그 끝은 왜 진창인지

뜨겁게 젖은 성탄목 사진은 알려준다
한 장의 종이를 찢는 일이 어떻게 하나의 세계를 찢는 일
인지

추울수록 안을 덥히는 겨울은 얼마나 상냥한 열기인지 —
기도는 목도리의 온도라는 것을

눈[目]의 말

밤이 오는 길목에 목련꽃 간판으로 내어 걸고 침묵의 난
전(亂廛)을 열면 좋겠네
이곳을 모든 기대로부터 떠나온 발길들 알고 찾아
서로의 눈동자 가만가만 들여다보며 거기 쓰인 비밀한 밤
의 문장들 물물교환 한다면
말 못할 것들 겹겹 쌓여 빚어진 눈빛, 그 눈의 말 눈으로
들으며
고개 끄덕거릴 일도 없이
눈 깜박이는 몸짓말로 알아들었다는 말 이해한다는 말 용
서하라는 말 다 할 수 있으면

미래 없는 연애를 하는 두 사람이 포옹할 때 연인의 어깨
너머로 펼쳐진 허공을 발견하듯이
이미 우리들은 이 밤의 문법을 문득 알고 있어
스륵 닫혔다 열리는 눈꺼풀은 어깨를 토닥이는 손보다 그
윽하고
싸리비 같은 속눈썹은 눈동자에 덮인 물기를 쏙 쓸어낼
수 있다면
좋겠네 이 극진한 침묵이 북적거리는 가게로
어둑발 내리는 길가에 달빛 네온사인 매어놓은 우리들의
난전으로 오늘밤은

침묵의 거부(巨富)인 귀신들과 울음 울 곳 찾는 당신도

온다면 좋겠네

　나와 너의 침묵 주고받으며 더불어 서로의 침묵 안으로
침몰하여

　그 너른 침묵의 해저에서는 깊어가는 숨소리만 들리고

　인젠 가고 없는 수많은 당신들의 발걸음이 들숨 타고 왔
다가

　발자국만이 날숨에 쓸려가고

　남은 발소리들 차곡차곡 눈동자에 모여 살며 퇴고할 것 없
는 눈빛 이룬다면

　우리가 사랑하지 않아도 늘 우리를 애틋하게 껴안고 있는

　침묵이라는 비문(非文)과 침묵이라는 귀신들의 회화(會
話)를 배운다면

　새의 죽지가 가장 높이 올라갔다가 가장 낮게 내려가는 그
찰나의 퍼덕임이 어떻게 허공을 업고 가는지

　죽은 사람의 눈을 손바닥으로 빗어 감기는 건 다 읽은 책
을 침묵의 도서관에 돌려주는 것뿐임을 알게 되겠지

　침묵은 모두의 비문(碑文)이라는 것을 기억하겠지

　목련 지고 달빛 시들어 침묵도 폐한 백주대낮에는

　떠나간 사람도 떠나온 사람도 반도네온같이 첩첩한 눈빛
도 귀신처럼 투명한 눈빛도

　침묵의 난전이 입소문 덕에 성황이라는 실없는 농담이나

— 던지며

  모이는 곳마다 돗자리 깔고 평상 펴고 긴 발이라도 내걸
면 좋겠네

  홀로 있을 때도 침묵을 데리고 왁자지껄하면 좋겠네

  우리 죄 사라진 뒤에도 침묵은 남아서

울게 하소서, 그리하여
―이 슬픔으로 고통의 사슬을 끊게 하소서

樂器(악기), 저 노래 그릇에 담아 뒤집어엎어 쏟아내고픈
소리는 무엇일까

오늘밤은 내게도 몸속에서 노크하는 숨소리가 있지만, 나
의 게으름은 악기 하나 탈 줄 모르고

음을 입지 못한 감정들, 노래가 되지 못한 목소리들, 그리
하여 마음의 유령들

휘휘 헛바람으로 악보(惡報)나 부르다 보면

숨을 틔우려고 태어나자마자 우는 아이처럼, 울음보가 있
는 것은 죄다 악기이고

그리하여 樂器, 저 울음 그릇에, 눈물 한 알 한 알을 살뜰
히 지어 먹는, 울음의 양생법

오늘밤도 내게는 몸속을 타진하는 숨결이 있고, 불행에게
도 꼭 하나 손에 맞는 나라는 악기가 있고

그리하여

* 부제는 오페라 〈리날도〉의 아리아 〈울게 하소서〉에서.

아주 조금의 감정

어쩐지 누굴 잊고 있는 감정, 그의 안부보다 생면부지 외
국 가수의 비명횡사가 더 선명한 감정

인간이라는 말은 악기에게 더 어울리는 감정, 켤 줄 모르
는 악기의 울음을 타인의 손끝으로 듣는 감정

나는 왜 오랫동안 인간을 상상할까, 내가 인간이면서도
길거리에서 "인간!" 하고 부르면 몇 명이나 뒤돌아볼까

누군가 사람들 속에서 자주 사라지는 감정, 이를 쑤시면
서도 꼬르륵 소리가 들리는 감정

휘파람만을 남기고 멸종해버리는 것이 인간의 진화일 거
예요, 오늘 일을 내일로 미루는 게으름을 애호하는 감정

왜 살아 있는 것 같지 않을까, 한 번도 살았던 것 같지 않
은데 벌써
죽어버린 건 누구일까

비인간적이라는 말이 얼마나 인간적인지, 비인간을 발음
하는 입술은 얼마나 인간적으로 떨리는지

안아보고 싶은 감정, 안겨보고 싶은 감정, 인간이라는 거

짓말을 사랑하려고, 어쩐지 아주 조금의

마음에 내리는 마음

누구나 마음에 대해서라면 할말이 있다
물고기는 바다의 맛을 알는지 모르지만
나라는 밀실이 표류하는 마음에 대해서라면
마음, 그것은 나의 지병

내가 불행들이 뛰어노는 작은 운동장일 때
내게 머물러 온 불행들마저 가여울 때
나는 신이 없는 종교를 세우고 싶었다
기다리는 것들 떠나가는 것들을 뗏목에 싣고 망망 바다
로 나아가
침몰하는 나의 신전, 그것이 가라앉으며 일으킨
순간의 소용돌이와 물거품을 우상으로 받들고 싶었다
기다린 것들 떠나간 것들; 당신들을 숭배하는
나의 다신교에는 너무 많은 신들이 살았으므로

나는 나에게 피워 올릴 기도가 부족했다
이제 그만 꿈꾸기를 멈추고 삶을 시작해야 한다고
내 조그만 생각의 목초지를 맴돌며 여린 풀만을 뜯는 나
의 말들과
현실에 새기지 못한 그 발굽들과
나를 노크하는 사람들을 비웃던 어리석음
한 인간은 어떻게 다른 인간보다 높아지는지와
마음이 마음을 지켜보는 관념의 한가로움을

생각 속의 나를 생각 밖으로 멀리 띄워 보내고 싶었다

눈이 멀어버린 사서가 손끝의 감각만으로 책을 찾듯이
그것을 쓰다듬어보기라도 하려는 듯이
그러나 기억이 눈먼 사서의 도서관
아무때고 떠오르는 기억은 얼마나 가벼운 페이지인지
그것들을 가라앉히려고 축축한 잉크를 꾹꾹 눌러 쓰던 밤들
호주머니 밖으로 흘린 문장들은 사하지 못한 당신들
그때 나는 무엇에게도 나를 위로할 권리를 주지 말았어
야 했는데
출타하지 못한 마음들은 각설탕같이 쉽게 부서져 녹아버
렸고

한겨울까지도 현관을 붙들고 실내를 노리는
살 자리가 죽을 자리인 모기처럼
나를 내려치려는 손바닥 아래서도 주둥이를 빼지 말고
다만 벌겋게 남김없이 핏빛으로
빛바랜 벽지에 지워지지 않는 얼룩으로 남지 않았다
세상이 나를 어떻게 소비합니까, 일렁이는 마음
진수식의 술병같이 뱃머리에 내던져 깨트려버리고
내가 소유한 단 한 가지, 나는 나의 선장이 되어

마음이라는 찻잔

마음이라는 인간
마음이라는 파도
벌목된 마음들을 엮은 뗏목을 타고
여기와 지금에서 저기와 당신이라는 마음의 입체 속으로
마음의 열도로 마음의 마음으로 돛을 올리지 못했다
다만 오늘밤을 건너고 싶었을 뿐
아무래도 잠든 너를 깨워야 할까 망설였을 뿐

내가 모래알 같은 불행들로 두꺼비집을 지으며 놀 때
내게 마실 온 한때의 마음이 그것을 발로 차버릴 때
우리는 신을 상상하지 못하는 눈동자였고
지나가는 것들 오지 않는 것들; 당신들을 퇴고하지 않았다
저물녘까지 뛰놀던 골목이 우리를 그저 말해주었다
마음의 독생자, 나는 마음의 선장이 되어
영원보다 긴 내일을 향해 노를 저으며
대답보다는 질문이, 질문보다는 몸짓으로 더 바빴다

생각하는 혀 같은 건 자랄 줄 몰랐다
나는 무엇을 하는 마음인가
그때 바라봤던 구름은 어디에서 다른 모습으로
나날의 일기를 예언하게 하고 있는지
누구의 마음속에나 한 마리 고래는 살고
그 깊고 어두운 곳에서도 씻겨나가지 않는 눈빛이 있고

심해에서 끔뻑이는 눈의 소리가 스륵스륵 들려오는   —
아무 날의 믿음, 불타 가라앉는

마음, 매 순간 새로 쓰는 유언
나라는 마음들의 마을에는 늘 첫 마음이 내린다
겨울을 지나도 죽지 않는 그들이

식물의 꿈

삶을 이렇게 슬프게 만들 때
신은 도대체 뭘 하고 있었던 걸까.
—잭 케루악, 『길 위에서』에서

이유는 묻지 않을 것이다
각자에게는 각각의 슬픔이 있다
볕이 들지 않는 반지하방에서
밤새 손가락 한 마디쯤 자라 있는
식물의 기묘함 같은 것

유독 눈을 끔벅이지 않고 우는
네 얼굴은 어느 슬픔의 사투리일까
내게는 겨울이면 동쪽 바다를 찾는
내 것만의 비통이 있고
우리에게는 서로의 짭조름한 입술을 훔치던
그 여름밤의 기도가 있다

너를 슬쩍 알아챈 적도 있었다, 새점(占)을 보듯이
신은 엄마의 치맛자락을 놓지 않는 어린애처럼 인간을 붙
들고 있다고 믿은 때가 있고
네가 내게 짓는 말은 신이 사람의 입을 빌려 하는 말이라
고 믿었던 적도 있지만

묻지 않을 것이다, 이유는
우리에게는 발목을 묻고 사는 각자의 습지와
저마다의 귓속에서 곤잠을 자는
신의 옹알이가 있어
왜 그러느냐고 이유도 없이

이불 밖으로 빠져나온 손이
곁을 더듬대는 꿈을 번갈아 자주 꾸었을 뿐
똑바로 누워 천장을 올려다보며
속으로만 물을 삼키는 관엽식물의 기묘한 표정을 알아듣
는다

첫

어느새 창밖으로
눈은 눈을 덮고 있었다

첫눈이 온다고 하자
우리는 첫눈을 모른다고 그는 말했다

처음 본 눈이 기억나니
기억나지 않는 처음들을 세어보는데

우리는 누구의 전생을 살고 있는 것일까
공손을 배워야겠다

첫눈은 첫눈이라고 그는 다시 말했다
처음 있는 일이었다

이런 얘기 처음이 아닌 것 같아
우리가 언제 만났더라

창밖으로 방금 지나쳐간 사람의
발자국이 보이지 않았다

우리는 무섭게 사랑해야 할 것만 같았다

해설 —

투명하게 얼룩진 말 —

김나영(문학평론가)

마음에 대해서

마음은 무엇일까. 마음에 대해서라면 대답하기 어려울 뿐
만 아니라 질문하기조차 적합하지 않은 것만 같다. 하지만
우리는 하루에도 몇 번씩 이런 물음과 대답을 해내며 살고
있지 않은가. 과장된 표현일 수도 있겠으나, 어쩌면 살아가
는 일이 곧 저 물음과 대답을 해나가는 일의 반복이자 변화
이자 과정 자체라고 할 수도 있지 않을까. 마음이 무엇인가
를 묻는 것은 매 순간 내가 어떻게 존재하는가에 관한 질문
이자, 질문의 형식으로 되돌려진 답변이기 때문이다. 단순
하게 말해서 누군가를 만나고 그와 대화를 나누고 물건을
사고 밥을 먹는 등 자신의 생활을 스스로 관리해나가는 모
든 과정에서 마음은 작용한다. 가능하다면 '마음에 든다'는
기준이야말로 그 과정을 이루는 모든 세부 항목에서 우선이
되고, 때로 마음에 들지 않는 선택을 해야 하는 경우를 겪
을 때 우리는 자존감을 회복하기 위해서 애써 자신의 마음
을 위로하는 노력을 해오지 않았나.

이현호의 이번 시집에는 이 마음에 관한 섬세하고 치밀하
고 끈질긴 탐구가 들어 있다. 만약 당신이 지금 처한 삶의
조건이 당신의 '마음'에 들지 않을 때, 그러니까 어딘가 당
신의 마음과 어긋나 있거나, 재고해볼 여지도 없이 싫어졌
거나, 돌이킬 수 없이 낯선 것이 되었다면 이 시집을 만난
것이 운명처럼 느껴질 수도 있으리라. 여기서 이현호 시의

화자들은 사랑하는 대상을 잃고도 아무렇지 않게 살아갈 수 없다는 것을 보여주기 위해서라는 듯 살아 있다. 무엇보다도 실연의 마음을 어떻게든 스스로 보듬어보려고 하는데 그 일은 현재의 마음이 어떤 처지에 있는지를 적어보려는 고투로 이어진다. 마음을 적어보는 일, 그것도 사랑을 잃은 마음에 관해서 써보는 일. 주지하듯 이것은 거의 불가능한 일이다. 슬프고 아프다는 말로는 모두 아우를 수 없는, 갈피 없는 마음의 현상을 경험해본 자라면, 무어라 말해도 그 말이 의미하는 바가 마음의 상태에 비해 턱없이 부족하다는 것을 아는 자라면 이 불가능에 대해서는 굳이 되묻지 않을 것이다. 그럼에도 이현호 시의 화자들은 자신의 사랑과 이별, 그리고 빈자리처럼 없는 채로 있는, 어떤 시간을 지나와 덩그러니 남겨져 제게도 낯선 그 자신의 '마음'자리에 관해서 쓰고 또 쓴다. 어쩌면 계속 쓴다는 것만이 그 마음을 위로하는 유일한 방법이라도 된다는 듯이 말이다. 과연 어떻게 그럴 수 있을까.

빈집에서 빈집으로

하나의 장면으로부터 이야기를 시작해보자.

두 남녀가 손가락을 걸고 걷는다

당신이 없으면 나는 사랑에 대해 아무 말 못해요
당신이 없었으면 나는 사랑을 이야기할 수조차 없어요
그런데 당신을 말하려고 하면

손끝만 닿아도 스륵 풀려버릴 것 같은 매듭들
　　　　　　　　　　　　　　　　　　―「투명」 부분

손 하나를 모두 맞잡은 게 아니라 손가락 하나를 걸고 걸
어가는 연인이 있다. 두 개의 손가락이 엇갈려 만들어내는
그 "매듭"을 바라보는 눈은 "두 남녀"로, "사랑"으로, 사랑
에 대한 "이야기"로 시선을 확장시켜나간다. 이 시선을 따
라서 저 매듭과 두 사람과 사랑하는 마음과 그 마음을 있게
한 어떤 이야기는 서로 다른 것이 아니게 되고, 그리하여 결
국 저 하나의 장면에 가두어지는 것은 말할 수 없음("아무
말 못해요")에 대한 화자의 고백이다. 그러니 말할 수 없는
것에 대해서 말하려는 사람을 마주했을 때 그러하듯 이 시
를 읽을 때는 특히나 문면 그대로가 아니라 말의 부족, 말과
말 사이의 호흡, 글자와 글자 사이의 여백, 이 언어의 뒷면
을 발견하려는 노력이 필요해 보인다.
　두 사람이 서로 사랑을 하고, 그 사랑의 마음으로 손을 걸
고 길을 걷는다. 하지만 그 '걺'과 '걸음'에 속한 사랑의 속
성이 어떠한지는 그들의 모습을 지켜보는 누구도 쉽사리 알
지 못한다. 하물며 말하는 이 역시도 '당신'에 대해서, 당신

이 나와 손을 걸고 함께 길을 걷는 마음에 대해서 제대로 말할 수 없다. 여기에는 두 개의 난관이 자리하고 있기 때문이다. 하나는 상대의 마음을 모두 헤아릴 수 없다는 사실, 또하나는 짐작하는 만큼이라 해도 마음을 말로 번역하는 일의불가능. 이 난관들이 엄연하게 두 사람을 가로막고 있다. 그리하여 화자가, 또한 우리가 이 장면을 통해 발견하게 되는하나의 사실은 사랑에 관해서라면 누구든 확실한 당사자가되지 못한다는 것이다. 더불어 그에 대한 인정과 체념, 또한 그로 인해 불거지는 불안과 고통이 어떤 사랑을 위태롭게 이어나갈 수 있게 한다는 역설이 그 사실을 뒷받침하면서 이 한 편의 시는 사랑에 관한 부정할 수 없는 진실을 포착해 보여준다.

이처럼 손 하나를 모두 맞잡은 게 아니라 겨우 손가락 하나를 걸고 함께 걸어가는 이 장면이 사랑하는 마음에 대한잊지 못할 한 장면이 될 것임은 분명하다. 그것은 저 둘 사이의 특별하고 암묵적인 약속이자, 그것을 약속인 듯 지켜보는 모두가 경험함직한 보편적인 사랑에 대한 절묘한 은유이기 때문이다. "손끝만 닿아도" 풀려버릴 것만 같은 것은연인의 손가락이 만든 세상에 단 하나뿐인 매듭이기도 하지만, 동시에 그 하나의 매듭을 지키려고 하는 마음("말하려고 하면")이라는 것을 기억해두자.

이루 말할 수 없음에 관한, 혹은 이룰 수 없는 사랑에 대한 이 하나의 장면에 이런 감각적인 장면을 더해보는 것은 어떨까. "식탁 위에 올려놓았던 귤"이 감쪽같이 사라졌고, 나는 그것을 찾아 온 집을 헤맨다. 세간도 얼마 없고, 있는 것이라곤 온통 무채색뿐이어서 샛노란 빛깔의 귤이 어딘가에 놓여 있다면 금방 눈에 띄고 마는 곳이 이 "독거의 집안"이다. 하지만 귤은 보이지 않고 "진동하는 귤 향기"만 집안에 가득하다. 귤 하나가 사라졌을 뿐인데 집안이 텅 비어버린 것 같고, 그 황망함과 허전함은 도리어 집안을 가득 채우는 귤 향기로 대체된다. 보이지 않으나 맡을 수 있는, 자취에 대한 강력한 확인은 잃어버린 무엇에 관해 거듭 발견하는, 이현호의 이번 시집에 가득찬 역설이다. 없음이 만들어내는 있음, 혹은 있음이 반영하는 없음이라는 역설은 이현호의 이번 시집에서 마음에 관한 가장 강렬한 확인인 것이다. 그러니 "빈자리가 가장 짙다"(「분명」)는 단호한 문장이 이 시집을 포괄하는 주제문이라고 해도 과언이 아니다.

이처럼 '없는 자리'의 있음을 예민하게 감각하는 시인은 '빈집'에 대한 새로운 버전의 시를 쓴다. 주지하듯 빈집에 관한 인상 깊은 구절을 남기고 떠난 시인이 있다. 시인 기형도가 "가엾은 내 사랑 빈집에 갇혔네"라고 쓸 때, 그는 왜 자신의 사랑을 '빈집'에 가두어진 것으로 여겼을까. 많은 이들은 연인이 이별하고 난 후, 함께 머물던 집에 남겨진 화자가 애인이 떠난 빈자리를 '빈집'이라고 달리 말했을 것이라 추측했다. 혹은 애인과의 추억을 잊어버리려는 듯이 그를 떠올리게 하는 수많은 세목들을 하나씩 열거하며 그 이름

들을 지워나가고, 그러다보니 집이 온통 텅 비어버리는 것
만 같다는 해석도 가능하다. 결국 빈집에 '갇히고 마는 것'
은 그처럼 실연의 상처와 회한에 사로잡힌 자신이며, 따라
서 '가엾은 내 사랑'은 사랑을 잃은 슬픔에 꼼짝없이 자신
을 가둔 제 마음에 대한 또다른 호명이다. 오랜 시간이 지
나도 기형도의 시가 언제나 새롭게 회자되는 이유 중에 하
나는 이 빈집이 계속해서 낯선 의미로 채워지는, 사랑에 관
한 한 마음이기 때문일 것이다. 이현호의 이번 시집은 우리
에게 새로운 빈집을 제공하여 이별한 자들의 허허로운 마음
을 새롭게 채워준다.

　　빈집에 앉아 있다, 여기를 우리집이라고 불렀던 사람
　이 있다
　　내가 가져본 적 없는 우리집에서 그 사람과 나는
　　가질 수 없었던 추억을 미래로 던지며 없는 개를 길렀다
　　　　　　　　　　　　　　　　　　　—「가정교육」 부분

　이후 화자는 "가진 적 없는 것을 잃어버릴 수도 있다는 것
을 배우며" 빈집에 홀로 앉아 있다. 또다른 시의 화자는 이
렇게 말한다. "혼자 있는 집을, 왜 나는 빈집이라고 부릅니
까" "네가 없는 집을, 나는 왜 빈집이라고 불렀을까"(「배
교」). 이 문장들은 '빈집'이 어째서 비어 있는 집이 아닌가
를 '비어 있음'을 통해서, 다시 말해 '있는 없음'을 통해서

절묘하게 포착한다.

어째서 이현호 시의 화자들은 이 '있는 없음', 혹은 '없음의 있음'을 집요하게 탐구하는 것일까. 아마도 시작은 너의 부재가 불러오는 이루 말하지 못할 고통 때문일 테다. 원래부터 없던 자리가 아니라, 한때는 네가 있던 자리에 지금은 네가 없다는, 하지만 너만 없을 뿐 바닥과 벽과 천장, 그리고 네가 드나들던 문 등 모든 것이 그대로인 그 엄연하고도 낯선 사실이 화자를 매 순간 새로운 고통 속에 살게 한다. 이 지극한 고통이 지속되자 화자는 삶에 관해서, 살아가는 일의 의미를 자문하게 되고 이로써 누군가가 경험하는 사랑의 마음은 개별적인 사건에서 다른 사람과 함께 살아가는 일, 즉 공존에 대한 보편적인 사유의 시작이 된다.

> 세상에 없는 나라를 상상하면 조금은 살 만해서 좋았다
> 가본 적 없는
> 본 적 없는
> 적 없는
> 없는
> 운주저수지에 밤마다 다녀가는 눈동자를 떠올리면
> 다음 생에 만나요, 라는 말을 이해하기 좋았다
> ─「너는 나의 나라─운주저수지」 부분

그러니까 삶, 혹은 나와 네가 함께 속한 곳으로서의 세상

과 그것이 존재하는 논리에 대해서 밤낮없이 질문하는 화자
에게 "살 만해서 좋"다는, 삶에 대한 의지와 자긍을 야기하
는 것은 결국 지금 여기 없는 것에 대한 상상이다. 인용한
부분에서 보듯 "없는" 것은 당신에 대한 모든 것이 있는 자
리("운주저수지")에 대한 부정이기도 하다. 이 부정은 나를
고통스럽게 만드는 당신에 관련한 모든 부재에 대한 뼈아픈
인정에서 비롯한다. 나는 나와 너를 함께이게 했던, 이루 말
할 수 있는 것, 즉 함께 거리를 오갔던 때, 보았던 것, 머물렀
던 자리 같은 구체적인 사실들을 지워야만 자신이 도달하고
자 하는 자리(운주저수지)에 이를 수 있다고 믿는 것이다.
구체적인 사실들은 나와 너의 관계의 본질을 흐리게 만드
는 요소일 뿐이라는 것을, 관계가 끊어지고 그 관계로 구축
했던 둘만의 세계가 무너진 다음에야 나는 비로소 확인하게
되었기 때문이다. 따라서 내가 너를 통해 살 수 있는 유일한
방법은 너의 부재를 있는 그대로 인정하는 것, 나와 너를 수
식했던 보잘것없는 사실들에 매달리려는 나의 마음을 지우
는 것, 그리하여 전에 없던 운주저수지로 향하는 일이 된다.
  역설(逆說)을 역설(力說)할 수밖에 없는 이 마음의 상태
는 어쩌면 이토록 구구절절한 부연을 필요로 하지 않을 것
같다. 이 시집을 들춰보고 어느 구절에 눈길이 머물러 어쩔
수 없이 앉을 자리를 찾아 몇 페이지를, 체할까봐 꼭꼭 씹듯
읽은 자라면, 여기에 적힌 마음 하나하나를 또한 자신의 것
으로 여기게 되었으리라. 아니, 더 정확히 말하자면 당신이

애써 잊고 지냈던 자기의 마음 한 조각을 이 시집 속에서 다시 발견했을지도 모를 일이다. 그런 당신들을 위해서 이현호 시의 화자가 거듭 적어둔 마음의 상태를, 그 빈집의 자리를 다시 받아 써본다. "곁에 없는 사람만을 우리는 영원히 사랑할 수 있듯이"(「음악은 당신을 듣다가 우는 일이 잦았다」), "분명 살아 있는데 자꾸 살고 싶다는 생각이 들던 곳"(「염리동 98-13번지」)이 있다고.

그 문 앞에서

사랑하는 마음은 자신의 삶을 가장 분명하게 드러내도록 하지만, 그리하여 자기만의 세상과 그곳의 문법을 만들고 그 속에서 살아가는 일을 좋아하도록 하지만 그것은 다른 세상의 논리와는 자주 어긋난다. 몇 번을 고쳐 써서 겨우 나의 마음을 표현한 문장이 문법에 어긋나는 비문의 형태로만 적힐 때, 그리하여 사랑하는 상대뿐만 아니라 누구에게도 그 의미를 명확하게 전달하지 못할 때, 그때의 절망과 비참을 어떤 이는 "나는 나를 생활했다"라고 표현하기도 한다.

"나를 떠날 수 없었다, 나는 너를 생각하던 나를 떠난 것이다."
날 위한 한 줄 문장을 끄적이고

술잔 속에서 흔들리는 눈빛을 마시며 나는 나를 생활
했다
　통증은 잊지 말라는 신호라며
　아프지 않았다면 나는 나를 잊었을 거라고 다독이는
　나를 나는 생활했다, 출렁이는 눈으로 문장을 고쳐 쓰
는;
　"나는 너를 떠나지 않았다, 나는 너를 떠나지 않으려는
나를 떠났다."
　퇴고할 수 없는 이야기를 몇 번이고 다시 읽는;
　"당신은 나를 떠나지 않았다, 당신은 나를 생각하던 당
신을 떠난 것이다."

―「폐문」 부분

　당신은 떠났지만 당신을 여전히 떠나보내지 못하는 상태
에 처한 '나'는 그런 자신을 벗어나기 위해 당신에게 갇힌
자신을 떠올린다. 이 오래되어 보이는 생각의 지속과 상상
의 여파는 어쩐지 애처롭게 보인다. 당신에 관해서 역시 당
신은 나를 떠난 게 아니라 '나를 생각하던 당신'을 떠난 것
이라는 일부분만의 상실을 받아들임으로써 나의 주문처럼
반복되는 인정의 문장들은 자폐적인 자기 위로에 불과한 말
들로 읽히기도 하기 때문이다.
　하지만 쓰인 말들의 적합이나 당위를 따져 묻기 전에 그것
을 심정적으로 이해하게 되는 경우도 있지 않나. 인용한 시

에서 굳이 따옴표를 쳐서 그것이 제 안에 갇힌, 말이 되지 않는 말이라는 것을 보여주는 문장들이 그렇다. 때문에 이 문장들에서는 의미는 무용해지고, 똑같은 문장을 썼다가 지우고 다시 쓸 수밖에 없는 그 전전반측의 흔적을 짐작해보는 일이 중요해진다. 말하자면 이 세상에 있었던 일―당신과 내가 함께 있었던―을 지나 이 세상에 없는 이야기―"퇴고할 수 없는 이야기"―를 지어내어야만 겨우 '살아 움직일'〔生活〕수 있는 그 심사 같은 것을. 그것은 자신을 살리기 위해서 그 자신의 마음을 속이려는, 예컨대 대본을 쓴 자의 어설픈 연기 같은 고투일지도 모른다. 하지만 이별 이후의 일기만이 지어낸 것, 즉 가상의 문장들로 기록된 이야기일까. 어쩌면 나와 네가 함께 있을 때의 이야기조차 "날 위한 한 줄 문장"들로 채워진 게 아니었을까. 끝이 없을 것만 같은 이야기 속 문장을 이어나갈수록 나의 처지는 들어갈 수 없는 문〔閉門〕앞에 놓이게 되는 듯하다.

그럼에도 이 시가 궁극적으로 읽는 이의 마음을 향하게 하는 곳에는 '나를 생활했다'라고 하는 저 비문이 있다. 나는 어떤 생활을 했다는 식의, 내가 영위하고 내가 나로서 온전히 존재하게 하는 생활의 방식에 방점이 찍힌 게 아니라 오로지 '나'를 목적어로 삼는 문장이기에 이것은 문법상 비문이지만 의미상 비문이 아니게 된다. 나를 떠난 당신으로 인해서 나의 삶은 온통 흔들렸을 것이다. 그 위태롭게 외로운 시간이 지나간 후에 내가 터득한 삶의 방식은 삶이라는 거

창한 이름을 잊고 생활이라는 사소한 시간으로 자신을 이끌어 와야만 한다는 것이었으리라. "내복을 입고 외투의 단추를 여미"고, "어묵 국물을" 마시고 "옥상에 널어둔 빨래"를 걱정하는 생활 속에서만 겨우 나는 나의 삶을 잊은 채 삶을 지속할 수 있기 때문이다.

　이 지독한 아이러니 속에서만 겨우 '나'라는 존재의 삶이 지속 가능하다는 것은 더이상 어느 철학서에서나 볼 법한 이야기가 아니다. 삶을 잊어야만 삶을 유지할 수 있다는 것은 결코 돌이킬 수 없는 이별을 경험해본 누구나가 겪은 생활의 문법이기도 하다. 위에서 인용한 부분 이후에 이어지는 부분을 더 읽어보자.

　　나를 나는 생활했다, 닫힌 문 앞을 되돌아

　　가로등 불빛들을 장마의 징검다리같이 건너는,

　　철학의 대가들이 삶의 전문가는 아니라고

　　나에 대한 생각을 멈추고 나를 향한 삶 속으로 걸어들어가는,

　　사랑스런 영혼에게 이 폐문(廢文)을 덮어주며

　　나는 나만을 생활했다, 다른 누구를 생활하지 않아도 될 만큼

　　잠시도 당신 집 앞을 서성이지 않는다

　　　　　　　　　　　　　　　　　　　　　—「폐문」 부분

이 삶을 지속하기 위해서, 나는 나를 생활하기 위해서 생각을 그만두고 그저 그 "속으로 걸어들어가"기를 주저하지 않는다. 이것은 자신을 부서지게 할 만큼의 치명적인 이별 후에 그 사건에 온전히 매달려 그 시간 가운데 머물러 정체하는 일도, 별일 아니라는 듯 당신을 알기 이전의 삶의 형식을 되찾으려 애쓰며 애써 태연함을 연기하고 가장하는 일도 아니다. 당신이 그리우면 그리운 대로, 몸과 마음이 이끄는 데로, 변칙이나 요행을 바라지 않고 그저 묵묵하게 걸어들어가는 것이 기어코 내가 택한 생활의 방식이기 때문이다. 이 생활이라는 말에는 어떤 경직된 규율이나 법칙이 없어 보인다. 그저 자신의 마음과 몸의 반응에 솔직하게 반응하는 것, 가을 낙엽을 밟고 겨울 햇빛을 받다가도 문득 "당신의 집 앞"으로 걸어가보는 것이 내가 나를 생활하는 유일한 방법이다. 그 문을 두드리거나 하염없이 그 문 앞을 지키고 서 있는 게 아니라, 그저 거닐고 떠올리고 끄적이고 다독이며 고쳐 쓰고 몇 번이고 다시 읽다가 닫힌 문(혹은 부서진 문장) 앞에서 되돌아오는 일 말이다. 그것은 당신이 떠난 후에 부서진 것이 나의 정신이나 마음이기도 하지만, 당신과 내가 서로를 오갈 수 있게 해주던 우리만의 말(언어)이기도 하다는 것을 알려준다. 따라서 "잠시도 당신 집 앞을 서성이지 않는다"는 말은 틀림없어 보인다. 나는 당신의 집 앞에 매일 찾아가므로 머물러 서성이는 일만큼은 잠시도 하지 않는다. 여기에 폐문(閉門) 같은 고독이 놓여 있다.

'나는 나를 생활한다'라는 이 지독하게 고독한 문장은 다른 시에서 "나는 너를 좋아진다"(「말은 말에게 가려고」)라는 문장으로 변주되기도 한다. 나에게 너는 벌써 떠난 사람, 그러므로 나에게 너는 '없는' 사람이어야 마땅하지만, 굳이 말하자면 그렇지만은 않다는 것을 누군가를 좋아해본 사람이라면 안다. 너는 나를 떠났지만, 너는 여전히, 어쩌면 이전보다 더 크고 깊고 넓게 나의 삶에 존재한다. 그것이 그리움이든 슬픔이든 고통이든 체념이든 원망이든, 어떤 방식으로든 "한 숟갈 추억을 떠먹은 일로" 너는 나와 구분된 네가 아닌, 나의 일부분이 되었기 때문이다. 때문에 '나는 너를 좋아진다'와 같은 문장은 비문이라기보다는 폐문(廢文)이라고 하는 것이 마땅해진다. 이는 나의 생활 외에서는 어디에서도 소용없는 문장이지만 그런 이유로 가장 '나의 생활' 내지는 나의 현재를 분명하게 말해주는 문장이 되기 때문이다. 이 부서지고 닫힌 문 안에서 나는 거듭 너를 떠올리고, 그것만으로도 나는 계속해서 네가 있던 곳으로부터 흘러온 지금으로부터 이 다음까지를 이어서 긍정하게 된다("좋아진다"). 지금 나의 이 생활이, 이런 생활을 지속하는 나의 방식이, 이 방식을 설명해주는 문장들이 너로부터 이어지는 사실이 나를 점점 좋아지게 만드는 것이다.

침묵하는 말

"집에 오지 말고 집에 가"

집과 집 사이에서 나는 집을 잃었다

—「가」 부분

이 두 문장은 행간에 담긴 이야기를 추측하지 않으면 문법상 비문에 불과한 문장으로 가득할 이 시집의 특징을 여실히 보여준다. 연인에게 너의 집으로 가는 도중이라고 연락을 했다가 예상치도 못하게 들었을 저 한마디로 인해서 '나'는 길을 잃는다. 이 상실과 방황은 물리적인 공간감(길과 집)에 관한 것이기도 하지만 동시에 심리적인 상태에 대한 것이기도 하다. 때문에 이 두 문장의 사이, 저 행간에 머물러 나에게 오지 말라는 명백한 거절과 통보보다 소유격이 생략된, '집에 오지 말고 집에 가'라는 말을 돌려받을 때 생겨나는 더한 황망함의 연유를 짐작해보게 된다. 한때는 하나였던 것이 서로 다른 두 개로 벌어질 때, 그러니까 우리가 '집'이라고 불렀던 하나의 장소가 서로 다른 두 개의 장소로 나뉠 때 내가 그 "사이에서" 정처를 모르게 되는 것은 마치 우주처럼 벌어진 무한히 깊고 어두운 공간을 경험하는 일처럼 보인다. 다시 말해 내가 잃/잊어버린 것은 알고 있는 두 개의 장소를 잇는 길이 아니라 집이라고 부름직한 공간이다

("나는 집을 잃었다").

집이라는 특정한 장소에 대한 호명과 의미는 그것을 공유했던 두 사람의 시간이 전제되었을 때에만 유효한 것이다. 그 시간이 중단되자 집이라고 부를 수 있는 곳마저 소멸하고, 나의 갈 곳 없음은 내가 '우리'를 벗어나서 어디에도 정처할 수 없는 불완전한 존재라는 것에 대한 자각이기도 하다. 이 충격은 "우리가 아닌 나의 집으로/ 나의 우리집으로"라는 동어반복의 문장으로 쓰인다. 두 개의 닫힌 문과 "닫힌 문에 머리를 들부딪는 달빛을 혼자 남겨둔 채" 거듭 발걸음을 돌려야만 하는 이의 모습은 마치 누군가를 사랑하는 일이란 세상의 모든 단어를 '우리'로 수식하는 일, 나의 것을 잃/잊고도 잃/잊은 줄 모르는 일이기도 하다는 것을 증명하는 듯하다. 사랑하면 많은 말이 필요 없고 하나의 집과 같이 그 모든 말을 우리의 것으로 가질 수 있는 마음만이 필요한 것일까. 이 시의 화자가 닫힌 문 앞에서 "머리를 들부딪"고 또하나의 닫힌 문 앞에서는 다른 곳에 남기고 온 자신을 떠올리며 거듭 다른 문(門/文)으로 고통받는 모습은 앞서 본, 고쳐 쓸수록 폐문에 갇히고 마는 자의 그것을 떠올리게도 한다.

이현호의 이번 시집에 실린 대부분의 시는 이처럼 생략된 말들, 어쩌면 말로 다 표현하지 못할 이야기에 대한 이해를 요구한다. 당사자들만이 알 수 있는 암호 같은 말, 둘만의 기억과 그것을 축약한 단어 같은 것이 하나의 문장과 다음 문장 사이에 깊게 고여들어 있기 때문이다. 이것을 굳이 설명하듯 풀어 쓰지 않으려 할 때, 이 시집에서 흔히 발견되듯 떼어놓고 보면 비문처럼 쓰일 때, 우리는 그 자리에서 오래 머물며 마침내 짐작하고 공감할 수 있는 지워진 말, 애써 쓰지 않은 말, 상투적이고 보편적인 말이 아우르지 못하는 기억의 결정을 발견하게 된다. 누군가의 내밀한 기억, 이 이야기 속으로 초대받을 수 있는 방식은 비문이자 폐문, 혹은 쓰이지 않은 문장뿐인 것처럼 말이다.

　　내 안의 마음이…… 라고 썼다가 지운다
　　내 안과 마음은 같지 않은가
　　역전 앞, 아침 조반, 넓은 광장처럼

　　내 마음이…… 라고 쓰고 지운다
　　내가 널 찾는다와 마음이 널 찾는다는 무엇이 다른가
　　마음과 나는 유전자가 똑같다

　　내가…… 라고 쓰다가 지운다 마음이…… 라고 쓰다가 지운다
　　내가 슬프다, 라고도 마음이 슬프다, 라고도 말한 적이 없다
　　슬프다는 한마디, 그 속에 벌써 우리가 산다
　　　　　　　　　　　　　　　　　—「문장 강화」 부분

이 시는 없는 자리, 빈자리, 공백에 관해 좀더 구체적으로 쓴다. "썼다가 지우"고 "쓰고 지우"고 "쓰다가 지우"는 나의 행위는 다시 쓰는 일의 단순한 반복에 그치지 않고, 반복을 통해 "강화"되는 무엇을 생각하게 한다. 그 무엇은 말줄임표로도 가늠할 수 없는 침묵의 이야기, 끝내 말할 수 없는 말, 쓸 수 없는 문장일 것이다. 하지만 이 시가 특별해지는 이유는 그런 게 있다는 진술에 그치지 않고, 그럼에도 그것을 계속 써보려고 하는 나의 행위에 주목하게 하는 지점에 있다. 나는 마치 쓸 수 없는 것을 쓰는 것이 자신을 증명하는 유일한 방법이라도 되는듯이 어렵게 쓰고 또 쓴다. 이것은 꼭 지우기 위해서 쓰는 일처럼 보이기도 한다. 그 문장에, 그 문장으로 시작되는 이야기에 깃든 자기의 이루 말할 수 없는 어떤 감정 내지는 마음을 지우는 일과 그 마음이 깃든 문장을 쓰는 일은 다르지 않다는 듯이 말이다.

끝내 한 문장을 완결할 수 없듯, 나의 슬픔 역시 완전히 사라지지 않을 것임을 나는 알고 있다. 더 쓸 수 없는 문장은 덜어낼 수 없는 감정의 형상이므로, 역설적이게도 문장을 지울수록 이 감정의 속성은 더 잘 드러난다. "내 안의 마음이" "내가"가 되고 끝내 이 주어의 자리마저 지워질 때 내가 느끼는 슬픔이 나에게 얼마나 상실감을 겪게 하는지를 우리는 짐작해볼 수 있다.

역전 앞의 앞의 앞의 앞으로 나아가 너를 기다리고
너와 마주앉은 아침의 아침의 아침의 아침밥 냄새와
끝없는 산책을 나설 것이다, 넓고 넓어 넓디넓은 광장
에서

나는 눈을 깨뜨린다
스스로의 무게를 견디지 못하고 자신을 놓아버리는 빗
방울처럼

얘기를 하다가 문득문득 창밖을 올려다보던 너의 눈빛을
말해야 하는 기분으로

내 안의 마음이······ 라고 굳이 다시 쓴다
　　　　　　　　　　—「문장 강화」 부분(강조는 인용자)

　어떤 말로도 자신의 마음을, 혹은 자신의 슬픔을 표현할
수 없다고 믿는 화자는 침묵한다. 그 마음과 슬픔은 너무나
크고 깊어서 자기에게 속한 게 아니라 자기가 그것에 속해
있는 것처럼 여겨진다. 실상 우리는 어떤 일로 슬플 때 '마
음이 아프다'라고 슬픔을 비유하지만, 화자에게 슬픔과 아
픔과 마음은 완벽하게 구분되지 않는다. 슬프고 아플 때 나
는 온통 마음으로 존재하고, 그 마음이 온통 슬픔이기 때문
이다. 그렇게 나 자신이 이미 마음이고 슬픔이지만, 그것을

표현해낼 수 없을 것만 같다고 오래 생각하는 화자의 마음과 슬픔은 벌써 마음과 슬픔의 정수를 말없이 말해주고 있다("침묵의 지층이 쌓인다// 화석의 자세로 꿈꾸는 말이 있었다", 「문장강화」).

꼼짝 않고 방바닥에 누워 고인 듯한 시간과 공간 속에 자신을 묻고 역시 스스로 할 수 없는 말들 속에 갇힌 화자는 끝내 말하기를 꿈꾼다. 그가 정말로 말하고 싶은 것은 오래전부터 지금까지 이어져 온 우리의 이야기에 거듭 끼어드는 침묵("너의 눈빛"과 그것을 놓치지 않고 잡아챈 나의 시선 같은 것)이다. 나를 걷어낸 마음과 슬픔에 관해서 말하고자 하는 나의 욕구는 아마도 허공을 향하던 너의 눈빛과 같은, 깊은 침묵을 번역하고 싶은 욕구이기도 할 것이다. 결국 마음과 슬픔은 내 안에 있거나 나를 가두어두는 것이 아니라 아마도 내가 제대로 도달하지 못한, 가닿지 못한 너의 말과 우리의 이야기에 있을 것이라는 느낌이며, 그 뒤늦게 도착한 예감이 나로 하여금 무언가를 거듭 쓰게 만든다.

따라서 이현호의 이번 시집에서 우리가 읽어내야 하는 것은 어딘가 이상한, 쓰이다 만 것 같은 문장들이자 입이 아닌 곳으로 흘러나온 듯한 말들이다. 이것은 생략이나 침묵이 아니다. 그렇다면 이 말들은 무엇이라 달리 부를 수 있을까.

　어떤 말은 입이 아니라 눈 밖으로 쏟아지고요
　(넌 세상에 묻은 얼룩일 뿐이야, 그리고 모든 얼룩은 실

수지.)

　　닫힌 눈꺼풀을 비집고 새어나오는 얼룩이 있습니다
　　　　　　　　　　　　　—「빈방 있습니까」부분

　　풀을 바른듯이 눈을 꼭 감고 바닥에 누워 있는 사람이 있
다. 그는 누워서 "무늬"가 아닌 "얼룩"의 존재 방식에 관해
서 생각한다. 무늬가 되지 못한 얼룩은 오염의 누명을 쓰고
언제나 지워져야만 하는 것으로 여겨진다. 마치 존재하는
것 자체가 "실수"인 것처럼. 그런 생각들 사이로, 감은 눈꺼
풀 틈으로 새어나오는 것이 있다. 한번 흐르기 시작하면 쉽
게 멈추지 않고 새어나오는 그 뜨거운 물질로 인해 정말로
어딘가에는 얼룩이 생기고, 이 의도하지 않은 누수는 이현
호의 시가 쓰이는 방식에 대한 어떤 부분을 누설하는 것이
기도 하다. 차마 말이 되지 못하는 말, 자기의 일부를 잃어
버리고 반쯤만 살아있는 듯한("99%쯤 나를 잃고 1%로 살
아갈 수 있다면",「빈방 있습니까」) 극도의 상실감은 잃어
버린 것(마음)을 통해서 (살아) 있음의 정도를 확인하는 역
설적인 사정에 이른다. 그러므로 '빈방 있습니까'는 곧 '내
가 살아 있습니까'로 고쳐 쓸 수도 있겠다.
　　이러한 마음의 현상은 "괄호"로 다시 쓰이기도 한다. 괄
호는 맥락상 생략되어도 무방하지만, 글을 쓰는 사람의 마
음이 문득 그 맥락에서 벗어나, 글의 논리와 일관성에서 탈
출해서 기어코 남기고 마는 불가피한 얼룩 같은 것이기도

하다. 이 괄호는 이현호의 시에서 '너의 얼굴을 감싼 내 두 손의 모양'으로 나타나기도 한다("네 얼굴을 두 손으로 감싸주려다가"). 내 손이라는 괄호와 그 괄호에 든 너의 얼굴은 둘만이 알고 있는 내밀한 기호와 의미가 되어서 해독할 수 없는 미지의 언어, 혹은 어디에도 없는 유일한 언어로 남는다. 화자는 그것을 "그곳의 인사법"(「괄호의 나라」)이라고 칭하는데, 이는 나와 네가 만든 '나라', 둘만이 속한 세계, 그곳에서만 통용되는 언어와 예의와 규범 따위를 떠올리게 한다. 누구도 의도적으로 그런 것들을 규정하지 않겠지만, 사랑을 하는 누구나가 자연히 그런 것들 속에서 살아가게 된다는 점을 우리는 역시 안다. 사랑하는 연인은 신이 그렇게 하듯, 그들을 둘러싼 모든 것들에 처음으로 이름을 붙이고, 그 이름들을 부르면서 단 하나의 세상을 창조하지만, 단 하나 그들이 알 수 없는 것은 상대를 바라볼 때의 자기의 표정이다. 그 표정만이 괄호 속에 있다.

거듭 마음이 되는 말

돌이켜보면 거꾸로 말하고, 없는 것을 있는 듯이 말하고, 말을 하려다 말고, 말하지 않는 방식으로 말하는 일은 모두 사랑이라는 감정, 혹은 그런 마음의 상태에서 비롯된다는 것을 알 수 있다. 이번 시집에서 이현호 시의 화자들은 사랑하는 마음을 어쩌지 못해서 전전긍긍하며 그 마음을 어떻게든 드러내어 너에게, 또한 나에게 보여주고 확인하려 한다. 이 연약한 간절함이 마음이라는 간단한 단어로밖에는 쓰일 수 없는 것이 또한 얼마나 안타까운가. 마음이라고 말하고 나면 더이상 함께 나아갈 수 없는 막다른 길, 혹은 홀로 표류하는 중인 뗏목 같은 것이 그려진다("기다리는 것들 떠나가는 것들을 뗏목에 싣고 망망 바다로 나아가/ 침몰하는 나의 신전, 그것이 가라앉으며 일으킨 순간의 소용돌이와 물거품을 우상으로 받들고 싶었다", 「마음에 내리는 마음」). 다시 말해 그 마음이 생겨나는 데에는 당신이라는 또다른 존재, 그와 함께했던 시간, 그 시간으로 만들어낸 또다른 세계, 종교와도 같은 그 세계의 언어 등이 필요했으나 당신이 떠난 이후에 그 마음은 "옛날에 사라진 나라"이며, 따라서 그 마음에 대해 말하는 일은 옛날에 사라진 나라의 "문자 같은 표정"(「빈방 있습니까」)처럼 누구에게나 해독하기 어려운, 난처한 말들이 되어버린다.

이를 모르는 게 아닌 화자는 "누구나 마음에 대해서라면 할말이 있다"라고 하면서도 "이제 그만 꿈꾸기를 멈추고 삶을 시작해야 한다"라고 굳이 힘주어 쓴다. "마음이 마음을 지켜보는 관념의 한가로움"(「마음에 내리는 마음」)을 경계하면서. 하지만 누가 비난할 수 있을 것인가. 마음은 애초에 알 수 없는 것이고, 그 알 수 없음에 관해서 알고자 하는 또다른 마음의 촉발을 경험해보지 않은 자 또한 없을 것이다.

이 마음의 알 수 없음에 대해 절묘하게 포착한 시가 있다.

　　새벽에 ㅁㅇ이라는 문자를 받았다
　　누가 언제 어디서 무엇을 왜 어떻게
　　그런 것보다는
　　자음(子音)만을 떠나보냈을 모음(母音)의 안부가
　　어쩐지 궁금했다

　　그게 마음이었다면
　　ㅁㅇ이 떠나가며 버린 자리엔 ㅏㅡ만 남아서
　　아으: [감탄사] 정신적으로나 육체적으로 심하게 아플 때 나오
　　는 소리.
　　명치끝에 얹힌 녹을 닦으며 쭈그려
　　앉아 있지는 않을까

　　마음의 미안으로
　　미안의 마음으로
　　　　　　　　　　　　　　　　　　—「ㅁㅇ」부분

　　새벽에 받은 암호 같은 문자 하나가 나의 마음을 건드리
고 오래 그것을 들여다보며 지난 시간을 되짚어보게 한다.
화자에게 "ㅁㅇ이라는 문자"는 마음이기도 하고 미안이기
도 하다. 또 "오래 들여다보고 있으면" "네모지고 둥그런 얼

굴의 윤곽"이나 "안경이거나 눈동자 같기도 해서" "문영 미애 미옥 미연 민우" 같은 이름들이 떠오르기도 한다. 이 알 수 없는 형체는 화자의 마음과 그 속에 든 미안과 여러 얼굴들을 동시에 호출하면서 "뚫린 입을 텅 빈 중심을 허방을 실족을 부재를" 마음의 상태로 조명한다. 중요한 것은 미음과 이응, 이 두 자음이 실제로 어떤 단어의 일부인지, 그 단어가 어떤 의미를 갖는 것인지가 아니라, 'ㅁㅇ'이라는 말이 되지 못한 말을 통해서, 그것을 "떠나보냈을" 무엇, 떠나온 것들이 "떠나가며 버린 자리"에 남겨진 무엇에 있다. 화자는 텅 빈 마음의 형상 같은 두 자음을 보고, 지워졌을 "소리", 마치 마음이 텅 비어버릴 때 고이는 신음이나 비명 같은 것을 읽어낸다. 그렇게 읽어낸 것은 곧 화자 자신의 마음이기도 할 것이다.

어쩌면 발신자가 잘못 보냈을지도 모를 짧은 문자 하나로 인해 나는 나의 마음의 상태가 어떤지를 새삼 인지하면서 "어떻게 왜 무엇을 어디서 언제 누가" 지금 상태의 마음에 영향을 주었는지를 "거꾸로 돌려봐도 무엇 하나 설명하지 못하는 막연"으로 확인하게 된다. 더욱 흥미로운 점은 이 시의 후반부다.

　　새벽에 ㅁㅇ이라는 말을 보냈는데
　　ㅇㅇ이라는 답장이 돌아온다
　　아으, 라는 말을 발음하려거든

입을 다물 수가 없었다

응응, 나도 잘 지내

—「ㅁㅇ」부분

결국 우리는 'ㅁㅇ'이라는 문자를 보낸 이가 누구인지 정확하게 알 수 없는 곤란에 처하게 된다. 이 문자가 화자가 받은 것인지 보낸 것인지 알 수 없다는 말이다. 따라서 'ㅁㅇ'을 마음, 미안, 막연으로 해석하는 주체가 나인지 너인지, 나의 마음속에 있는 너인지도 확신할 수 없게 된다. 시의 전반과 후반에서 'ㅁㅇ'을 받고 보낸 자는 있지만 이것이 나와 너로 분명히 구분되는지, 혹은 한 사람의 마음속에서 일어나는 일인지 알 수 없게 될 때 비로소 이 시에 쓰인 'ㅁㅇ'이 무엇인지를 알게 되는 아이러니에 주목하자. 이것이 이번 시집에서 이현호 시의 화자들이 반복해서, 말이 되(어 나오)지 않지만 기어코 말해보려고 애쓴, 마음의 언어이므로.

문자, 말, 답장, 발음 그리고 벌어진 입의 모양을 모두 동원해서도 온전히 전하거나 받지 못하는 언어가 마음이라는 이름으로 시집 곳곳에 적혀 있다. 그럼에도 끝내 이 마음을 받아쓰고 읽고 되새겨보려는 자가 있다면, 한 마음과 또다른 마음이 마음의 일로써 간신히 번역될 수 있다면 그 순간에 겨우 이런 문장이 쓰일 수도 있지 않을까. "응응, 나도 잘 지내".

또다른 시에서 "새로 만든 배를 처음 물에 띄우는 진수식 (進水式)"을 설명하면서 화자는 굳이 그 형식에 깃든 금기를 공들여 말한다. 그 "걱정하는 마음"들이야말로 곧 '처음의 마음'이라는 듯이 말이다. 진수식에 동원되는 동음이의어인 풍어(豊漁/風魚)를 설명하기 위해 또다른 단어를 예로 들 때조차도 수많은 동음이의어를 두고 "끔찍하다"는 말을 가져오는 것도 마찬가지다. 우리는 어떤 마음을 아끼고 그것에 정성을 들이다 못해 끔찍하게 여기기도 하지만, 어느 순간 그 마음이 끔찍하게도 두렵고 참혹해지는 것 또한 안다.

되새겨보면 이현호 시의 화자들이 그렇게도 마음, 특히나 사랑하는 마음에 전심전력을 다하는 듯 보이는 이유를 어떤 '시작'에서 발견할 수 있지 않을까 싶다. 누군가를 만나 사랑에 성공하거나 실패하거나 그 모든 접점, 혹은 형식적인 결의나 계기라고 할 만한 시기에 어떤 마음이 발동한다. 하지만 그뿐, 마음이 있다가 없는 이유에 대해서 우리는 모르고 그저 속수무책으로 그 마음의 생몰과 움직임을 따르고 받아들일 수밖에 없다. 말하자면 사랑하는 마음이 생겨나고 움직이고 사라졌다고 그저 믿을 수밖에 없는 것이다. "손을 잡았을 때 힘을 빼던 당신의 손아귀나 나의 말이 당도하기도 전에 흔들리던 눈빛 같은"것이 그 믿음을 공고하게도 스러지게도 한다.

이현호의 이번 시집은 마음과 믿음, 이 두 가지를 결합하는 어떤 시작에 관해 반복해서 쓴 시들의 묶음이라고 하겠다. 그러니 이들은 그 스스로 "믿지 않고는 견딜 수 없는 날들이 있어"서 애쓴 마음의 자취들이다. 이것이 여기에 묶인 다수의 시편들을 단순히 연애시라고 할 수만은 없는 이유이기도 하다. 이현호의 시에 따르면 사랑은 누구에게나 '거기 있는 것'으로밖에는 설명할 수 없는 것이며, 그렇게 여기는 마음과 그런 마음을 증명해 보이려는 믿음이자, 그 믿음(혹은 불신)으로 오랜 밤 뒤척이면서 겨우 적어낸 암호(때로는 얼룩) 같은 언어다. 모든 사랑하는 사람들이야말로("시작하는 마음은 모두 미신이다", 「첫사랑에 대한 소고」) 이 언어를 해독하고 홀로 빈방에 누워 감은 눈 사이로 흘러나오는 말로써 그의 시작(詩作)에 응답할 것이다.

이현호 시집 『라이터 좀 빌립시다』가 있다.

— 문학동네시인선 111
아름다웠던 사람의 이름은 혼자
ⓒ 이현호 2018

— 1판 1쇄 2018년 10월 19일
1판 11쇄 2024년 7월 30일

지은이 | 이현호
책임편집 | 김봉곤
편집 | 강윤정 김영수 김민정
디자인 | 수류산방(樹流山房) 본문 디자인 | 유현아
저작권 | 박지영 형소진 최은진 오서영
마케팅 | 정민호 서지화 한민아 이민경 안남영 왕지경 정경주 김수인 김혜원
　　　　김하연 김예진
브랜딩 | 함유지 함근아 박민재 김희숙 이송이 박다솔 조다현 정승민 배진성
제작 | 강신은 김동욱 이순호
제작처 | 영신사

펴낸곳 | (주)문학동네
펴낸이 | 김소영
출판등록 | 1993년 10월 22일 제2003-000045호
주소 | 10881 경기도 파주시 회동길 210
전자우편 | editor@munhak.com
대표전화 | 031) 955-8888　팩스 | 031) 955-8855
문의전화 | 031) 955-2696(마케팅), 031) 955-1920(편집)
문학동네카페 | http://cafe.naver.com/mhdn
인스타그램 | @munhakdongne 트위터 | @munhakdongne
북클럽문학동네 | http://bookclubmunhak.com

ISBN 978-89-546-5318-3 03810

— www.munhak.com

문학동네